DOA

Le serpent aux mille coupures

Gallimard

DOA (Dead On Arrival) est romancier et scénariste. Il est l'auteur à la Série Noire de *Citoyens clandestins* (Grand Prix de littérature policière 2007), du *Serpent aux mille coupures* et de *L'honorable société*, écrit avec Dominique Manotti (Grand Prix de littérature policière 2011). En 2015, il publie *Pukhtu : Primo* dans cette même collection, et en 2016, *Pukhtu : Secundo*. À l'ère du Big Brother planétaire, il aime qu'on n'en sache pas trop sur lui.

I haven't slept for two days
I've bathed in nothing but sweat
And I've made hallways scenes for things to regret.
My friends they come.
And the lines they go by

Tonight I'm gonna rest my chemistry
Tonight I'm gonna rest my chemistry

INTERPOL, Rest my Chemistry

H + 6

Sous ses pieds, le sol dur, irrégulier. Gelé. Baptiste Latapie trébucha, se rattrapa de justesse au câble métallique d'un palissage, maugréa et leva les yeux vers le ciel. À peine un liseré blanc-roux incurvé et une ombre grise pour signaler que la nouvelle lune était là. La *lumière cendrée*, l'Ancien lui avait dit que ça s'appelait comme ça, un jour. Lumière cendrée, tu parles, un pauvre croissant de lune, oui, qu'éclairait que pouic. Il connaissait bien le coin, Baptiste, pourtant, mais là, on n'y voyait presque moins que dans le cul d'un nègre ! Un nègre. Nègre. Le nègre. Nègre. Négro. Baptiste sourit presque de sa bonne blague.

Presque.

L'Ancien et ses mots, l'Ancien qui savait tout. En fait, il savait rien, l'Ancien, l'avait pas fait l'école longtemps. Mais les livres, ça, il aimait. Tous. Il les bouffait en entier, ouais, toutes les pages et tout. *Merda*, quand il est parti de la tête, à la fin, pas étonnant que ça ait refoulé, tous ces mots. C'te bordel ! Dans les derniers temps, l'Ancien il parlait non-stop, comme y disent les jeunes. Et quand il parlait pas, il gueulait ! Mais, ça avait pas trop duré, heureusement, parce que ça fichait tout le monde sur les nerfs, son mal. Et puis, à force, il s'épuisait l'Ancien, il se vidait, comme sa tête.

Son Ancien, son père. Le patriarche Latapie. Tout le monde le respectait à Moissac, dans le temps. Quand il y avait un problème avec les vignes ou entre récoltants, c'était vers son Ancien que les gens ils se tournaient.

Il devait être mieux, là-haut, maintenant. Au moins, il était pas obligé de subir ce qu'ils subissaient, tous, au *païs*. Ouais, il était bien mieux là-bas qu'ici, l'Ancien. Comme ça, il l'avait pas vu débarquer, le singe. Presque trois saisons qu'il avait repris l'exploitation au père Dupressoir, l'autre. C'était arrivé juste après sa mort, à l'Ancien. Il avait eu de la veine, parce que jamais il aurait admis qu'un macaque prenne racine ici, l'Ancien. Il l'aurait pas laissé faire, le Dupressoir, s'il avait été là, l'Ancien. Déjà qu'il aimait pas quand les *borgés* du Nord et les *Englés* venaient racheter les fermes et les terrains pour y foutre leurs piscines, alors un putain de nègre, jamais !

Avec des gestes de plus en plus nerveux, Baptiste Latapie se mit à tirer sur son gant en laine, accroché par un sarment de vigne quand il s'était retenu pour ne pas tomber. En le libérant de force, il le déchira, jura en occitan et leva ses tenailles pour couper avec rage le fil de fer sur lequel il s'était appuyé. Puis un deuxième, un troisième, sur toute la hauteur du palissage et une bonne dizaine de mètres de long. Le rang de vignes derrière lui subit le même sort sur trente pas avant que Baptiste ne passât au suivant. C'était le mois de janvier, bientôt la saison du fléchage pour le chasselas. Il allait faire comment le boucaque, hein, si la moitié de ses palissages était à retendre ? Hein, comment ?

Un macaque à Moissac ?! Un nègre chez eux ?! Qui voulait faire du grain AOC ?! Coupe ! C'était leur raisin, leur *païs* ! Coupe ! Pas de macaque paysan ! Coupe !

Cela faisait déjà une bonne heure, qu'il y était, Baptiste, à sa besogne, sur la parcelle du singe. Et il s'acharnait, malgré le froid, la fatigue et la nuit.

Coupe ! Il avait déjà dû en cisailler une bonne centaine, des câbles. Et c'était pas fini. Coupe !

Parce qu'il fallait y faire entrer dans la tête, au boucaque, pas y laisser croire qu'il pouvait gagner. *Michanta herba, creis lèu*. Oui, elle pousse vite, la mauvaise herbe. Parce qu'il avait pas encore compris, le singe. Les *forastiers* dehors ! Coupe ! Pas d'étrangers ici ! Pas de macaque paysan ! Coupe ! Le nègre ! Coupe ! Coupe ! Le singe ! Coupe ! Coupe, coupe, coupe, coupe… Tue !

Baptiste Latapie, exténué, fit une pause après son accès de fureur vengeresse. Il haletait. Poussé par la boule dans son bas-ventre serré d'émotion et d'envie de pisser, il se rapprocha de la lisière du Bois des Moines. Vieille pudeur héritée de l'Ancien, malgré la solitude nocturne et l'obscurité, il avait besoin de l'abri des arbres pour se soulager.

Baptiste s'enfonça d'un pas entre les troncs noirs et guetta alentour avant de défaire sa braguette. En contrebas, le serpent clair d'un ruisseau s'étirait entre les parcelles et les champs. Autour, les ondulations des coteaux à chasselas, gris dans la nuit. Ses coteaux. Son *païs*. Son beau *païs*.

À lui.

Le regard du paysan se porta vers une ligne de crête derrière laquelle, à un kilomètre à peine, se trouvait la ferme que le nègre habitait, avec sa femelle — quel autre nom pour une Blanche qui copulait avec un boucaque ? — et leur sale gamine. Parce qu'ils s'étaient reproduits, ces animaux-là !

Impossible de l'apercevoir d'ici et c'était aussi bien. Sinon, Baptiste Latapie était pas sûr qu'il y aurait pas fait une descente, à leur ferme. Pour en finir une bonne fois pour toutes. En plus, ils étaient isolés, ces cons-là ! Autour, il y avait plus que des résidences secondaires ou des gîtes et, en cette saison, tout était fermé.

Mais les autres avaient dit de plus s'approcher trop près, à cause des gendarmes qui tournaient dans le coin, depuis les dernières plaintes du père Dupressoir et du singe. Ils étaient même venus de Toulouse pour enquêter, quand ça avait cramé. Et comme ils avaient rien trouvé, ils surveillaient.

Alors c'était la guérilla, comme ils disaient les autres, les Cathala, les Viguie, les Fabeyres et tous les exploitants qui voulaient pas de macaque au *païs*. La guérilla. À l'usure qu'ils l'auraient. Ici, ils y revenaient chacun leur tour, comme le mauvais temps. La nuit, tard, quand personne passait et qu'ils savaient que les gendarmes étaient ailleurs.

Pouvaient pas être partout, les gendarmes.

Et là, les deux patrouilles de la brigade avaient filé à l'est, du côté de Lafrançaise, vers les dix heures du soir, comme si le feu leur brûlait au cul. Alors lui, il était tranquille pour sa petite opération commando anti-nègre du jour.

Perdu dans ses guerrières pensées, Baptiste Latapie n'entendit pas immédiatement le ronronnement du moteur qui, depuis quelques secondes, s'élevait de la route toute proche. Il n'y fit attention qu'au moment où le véhicule changea de régime pour s'arrêter près du ruisseau. Il s'accroupit et écouta, pris de panique. Et lui qu'avait laissé sa mobylette dans le fossé là-bas en bas.

Moteur au ralenti. Plus rien ne bougeait. Qu'est-ce qu'ils foutaient ? Des pandores ? Non, pas possible, et puis c'était un gros moulin, à essence, plus sourd, plus puissant que le diesel d'une estafette.

Baptiste se mit à courir, le corps cassé en deux, jusqu'à la corne du bois, pour voir de quoi il retournait. Il découvrit, à trois ou quatre cents mètres, une paire de phares, des machins modernes, blanc-bleu, au *zénon* ou un truc du genre, qui précédaient la silhouette blanchâtre et fantomatique d'une grosse bagnole, façon 4 × 4, arrêtée à l'embouchure du chemin qui montait dans sa direction.

Un des occupants alluma un plafonnier qui révéla trois silhouettes, des hommes, à l'intérieur. Ça discutait sec, fort, mais pas en français. Pas en occitan non plus. Baptiste observa qu'ils se passaient une carte routière en faisant de grands gestes. Puis le passager arrière pointa du doigt vers le tableau de bord et, quelques secondes plus tard, la voiture se remit en route.

Vers lui.

Pas bon du tout, ça.

Baptiste Latapie recula doucement, toujours replié sur lui-même, et se cacha aussi bien que possible derrière un tronc. S'ils s'approchaient trop près, il se tirerait entre les vignes, à travers la parcelle du boucaque. Avant qu'ils le rattrapent…

Mais c'étaient qui, ces *figassièrs*[1], d'abord ?

« Doucement, Feíto ! Et relève-moi les suspensions du Range, j'ai pas envie que tu me le racles sur une pierre ! » L'homme qui venait de s'adresser au conducteur, dans un espagnol madrilène sec et méprisant, était assis sur la banquette arrière et tentait, autant que possible, de ne pas être bringuebalé de droite et de gauche par les irrégularités du chemin pierreux. « Et monte le chauffage, *tengo frío* ! » Il resserra son manteau en cachemire sur son complet gris sombre. Il avait le visage allongé et soigné, la petite quarantaine. Un bel homme apprêté, dans la force de l'âge, qui entretenait sa forme.

Feíto fouilla du regard le tableau de bord, ne sachant trop quoi faire. Il était aussi vil et épais que l'autre était racé et fin. Engoncé dans un costume trop étroit pour sa musculature taurine, il avait les yeux bridés et enfoncés de ses ancêtres *indios*, et un gros nez plat, tordu, entaillé jadis par la caresse d'une

1. Voleurs de figues, en occitan.

machette. Le coup l'avait défiguré mais pas tué, et il lui avait valu son surnom, *Feíto*, le petit affreux.

La brute se tourna vers son *boss*, Javier Greo-Perez, installé sur le siège passager, et l'interrogea du regard.

« Laisse Rodrigo », murmura Javier, dans une langue traînante aux accents colombiens. Il se retourna vers le râleur. « Adrián, *mi hermano*, relax. » Il avait prononcé le mot à l'américaine, *rii-laxe*. « Je te promets, si Rodrigo te la casse la voiture, je t'en rachète une autre pareille, avec tous les gadgets. Allez, dix autres ! On a *la plata* et avec les affaires qu'on va bientôt faire ici, on en aura encore plus, *no* ?

— Ce n'est pas la question. Je n'ai juste pas envie de passer ma nuit ici si *tu*… », Adrián Ruano, lèvre supérieure retroussée et hautaine, détailla un instant les replis de la nuque du conducteur, « ton… ton garde du corps fait une fausse manœuvre. Il n'est pas habitué aux routes d'ici et, à cette heure-ci, on ne trouvera personne en cas de problème. Déjà que le lieu du rendez-vous est peu pratique… »

Javier Greo-Perez fit bruyamment claquer sa langue contre son palais. « *Chinga*, t'es pas content depuis hier parce que j'ai dit à Rodrigo de conduire ta caisse. T'aimes pas prêter tes affaires, *no* ? Mais, tu sais, il faut aussi que les domestiques s'amusent… », il balança un regard en coin à son *sicario*, pour voir s'il réagissait, mais l'autre ne broncha pas, concentré sur le chemin. Une chose à la fois.

Adrián observa le profil du jeune Colombien écrasé par la lumière du plafonnier. Le séducteur sud-américain type, visage carré et bronzé, grandes dents blanches en embuscade dans une bouche large et pulpeuse, nez légèrement busqué, des yeux noirs sans fond et une épaisse tignasse brune, longue et lissée au gel jusqu'à la nuque. S'il avait eu meilleur goût en matière de fringues, il aurait été baisable. En l'état, il n'était qu'un bellâtre pécore plein aux as. Qui plus est, il détestait les *jotos* comme Ruano.

« Et puis t'es vexé parce que ton truc, là », Javier montra l'écran du GPS », il a pas marché. Ça sert à rien de payer des appareils si cher s'ils marchent pas. T'aimes pas te faire avoir, *no* ? Moi non plus, remarque, mais je l'aurais rapportée, la voiture, à ta place ! »

À l'arrière, Adrián Ruano se rencogna dans sa banquette. Mieux valait ne pas faire remarquer que le GPS avait besoin de destinations claires, pas d'adresses perdues à *nullepartland*. Le gamin supportait mal la contradiction et avait la réputation d'être sujet à de violents accès de colère meurtriers. Raison pour laquelle son père, Alvaro Greo-Perez, l'avait envoyé se mettre au vert en Espagne après le dérapage de trop avec la fille d'un proche de la présidence colombienne. Ce genre d'exploit, même le vieux Perez ne pouvait pas l'étouffer.

Et lui, Adrián Ruano, il ne pouvait rien refuser au vieux Perez. Ergo, il devait s'occuper du fils, l'occuper surtout, en l'aidant à développer les intérêts de la *famille* en Espagne. Don Alvaro avait *gentiment* insisté. Et cela faisait assez longtemps qu'Adrián Ruano fréquentait ces gens-là pour savoir comment ils fonctionnaient et ce que ça voulait dire, quand ils insistaient. Même si les Greo-Perez avaient accepté de bosser avec lui et fait sa fortune, et même si lui, brillant jeune avocat de Madrid, en retour, avait consolidé une partie de la leur ici, il demeurait un simple *domestique*. Et les domestiques ne devaient pas insulter le fils d'*el patrón*. Et les domestiques devaient obéir quand le fils d'*el patrón* disait *tu passes derrière et nous, on conduit,* même si ça faisait chier, dans sa propre bagnole.

À l'avant, Javier poursuivait son monologue. « Et puis l'endroit du rendez-vous, c'est pas moi qui l'ai choisi, c'est tes amis. »

Adrián secoua imperceptiblement la tête. Si Javier ne s'était pas laissé convaincre par une fin de race anglaise de vingt ans de joindre l'agréable à l'utile dans un Relais & Châteaux pas loin d'ici, ils n'auraient pas atterri dans ce trou. La British, *una puta* installée à Madrid pour trouver le soleil et un mec riche à marier, avait harponné Javier à une fête quelques jours plus tôt. *Y este idiota*, il avait voulu l'impressionner, lui faire plaisir. Ah, elle avait un beau cul et elle devait baiser élégant, cette *pequeña perra*[1] snobinarde, enfin, si on aimait ça, mais *putamadre*, le *business*, c'était le *business*.

« J'espère que c'est pas encore des *puñales* tes amis, là, *no* ? »

La chose qui avait fait plaisir à Adrián Ruano, ce matin, c'était quand cette pute était arrivée au petit déjeuner tête baissée avec une démarche bizarre, des lunettes noires et un foulard autour du cou, et qu'elle s'était assise le plus loin possible de Javier.

1. Petite chienne, en espagnol.

Apparemment, sa première vraie nuit avec le bel hidalgo avait été éprouvante. L'avocat aurait pu la prévenir avant le départ mais elle l'avait pris de haut dès les premières minutes de leur rencontre et pendant tout le trajet qui avait suivi, alors… Il se contenta d'esquisser un sourire.

« *Oï !* » Javier lui attrapa le bras et le secoua. « Pourquoi tu rigoles ? Ça te fait marrer quand je te demande si c'est des tapettes tes amis ?

— C'est des types solides. *Y su famiglia* », Adrián avait volontairement utilisé le terme italien désignant la famille, son regard, redevenu sévère, planté dans celui du Colombien, « est très sérieuse aussi. Des gens bien. Honorables. » Adrián se retint de soupirer. Dommage que le père de Javier tienne tellement à lui. « Et ton père a confiance. »

À la mention de son père, Javier se retourna et replia ses bras sur sa poitrine, comme un gosse boudeur. Tout ce qu'il avait, ce qu'il faisait, les gens qu'il connaissait, ce pour quoi on le respectait, tout cela n'était là que grâce à Don Alvaro. Celui que tout le monde craignait vraiment, c'était Don Alvaro. Et Javier n'aimait pas qu'on le lui rappelle trop souvent.

Rodrigo ralentit avant de s'arrêter complètement. Il coupa le moteur sans éteindre les phares. Dans le halo bleu pâle, les troncs serrés d'arbres dégarnis par l'hiver. Les trois hommes étaient parvenus à leur destination, le Bois des Moines, au bout du chemin du même nom, pas loin d'un hameau appelé Piac, bled perdu du Tarn-et-Garonne, dans le sud-ouest de la France.

« Alors, ils sont où, tes copains honorables ? On est à l'heure et eux, ils sont pas là. » Javier avait parlé sans desserrer les dents ni les bras. « On fait quoi, *ahora* ?

— Maintenant ? » Adrián Ruano se laissa glisser sur le cuir de la banquette arrière. Il regarda dehors mais, avec le plafonnier allumé et l'obscurité extérieure, ne vit que le reflet de son visage, grisâtre comme celui d'un mort. « Maintenant, nous attendons. »

« Encore un ! »

Les deux hommes observèrent, tendus, le break de gendarmerie, gyrophares allumés, qui fonçait sur la voie opposée de la nationale.

« Il se passe quoi, à ton avis ? » Jean-François Néris jeta un œil dans le rétroviseur pour suivre le trajet des lumières bleues clignotantes. Bientôt, elles disparurent dans la nuit. « Ils cherchent quelqu'un ? C'est le deuxième en dix kilomètres. Et tout à l'heure, le barrage, à la sortie de l'autoroute…

— *Non te apprenneti.* »

Néris laissa échapper un râle d'impatience. « Bien sûr que je m'inquiète ! »

Simone Cannavaro esquissa un sourire, invisible pour son compagnon. Il avait répondu en napolitain. Par flemme et aussi par provocation, parce que Néris ne le parlait pas ou plus. Le petit *Gianfranco* était né en France, il n'avait jamais habité en Campanie, s'était intéressé à l'italien seulement pour des raisons pratiques et se débrouillait mieux en anglais et en allemand, un truc qui énervait Simone Cannavaro. Fallait pas oublier qui on était et d'où on venait. « Il se passe rien. » À peine une pointe d'accent dans les paroles de Cannavaro.

Lui aussi parlait plusieurs langues, couramment même. Sa grande fierté. Le seul truc qui l'ait jamais vraiment intéressé, à l'école. Les langues et apprendre à faire des affaires. Sur ce plan-là, Néris et lui étaient pareils. Et ils étaient très complices, tous les deux. Plus, en fait, qu'avec les autres Neri, là-bas, au pays. La seule différence, c'était le sang, *'o sango*, ce qui n'était pas une différence de rien.

« J'aime pas ça. En plus, on est en retard à cause de cette putain de roue crevée. Ça va pas. Je le sens, là. » Théâtral, Néris montra son ventre.

Un geste que Cannavaro capta du coin de l'œil dans la pénombre électronique de l'habitacle de l'Audi. Jean-François était nerveux, replié sur lui-même telle une boule de tension. Tant et si bien que, depuis six cents kilomètres, il n'avait pas pensé à reculer le siège de leur voiture pour donner un peu d'espace à sa longue carcasse noueuse.

Simone Cannavaro devinait les yeux bleus de son voisin qui scrutaient l'obscurité, anticipaient la route à prendre, trahissaient son impatience d'être arrivé, d'en finir. Sa peur aussi. « *Gesù !* T'es plus superstitieux qu'une vieille pute ! Calme-toi.

— Pourquoi on est obligés de parler avec l'autre enculé, là, ce *Figo Loco* ? »

Cannavaro ricana. « *Hijo Loco*. Le Fils Fou.

— Encore un surnom à la con.

— Si j'étais toi, je surveillerais mes paroles tout à

l'heure, parce que c'est son père qui lui a demandé de le représenter et que moi, je l'aime bien son père. »

Hochement de tête. Néris montra du doigt un panneau qui venait d'apparaître dans le faisceau des phares. *Lafrançaise*. « On se rapproche.

— Comment tu le connais ce trou ?

— C'est toi qui voulais un endroit tranquille, pas loin de Cahors, pour un rendez-vous nocturne, non ?

— Caprice du *Loco*. » Simone Cannavaro soupira. « Ça aurait tenu qu'à moi, on se serait retrouvés en bord de mer. Hors saison, c'est désert et on peut surveiller les plages de loin.

— Ici, on sera pas emmerdés non plus. L'hiver, c'est ravitaillé par les corbeaux. » Néris regarda dehors. Les bas-côtés gris défilaient à toute vitesse. Simone Cannavaro l'imitait et ne parlait plus. « On a cherché une ferme à retaper par ici, Hélène et moi, l'an dernier. Elle voulait une maison loin de Marseille, pour l'été. On en a vu plusieurs mais finalement, on a choisi l'Aveyron. Par ici, il y a trop de nègres et d'Arabes.

— Partout, il y en a trop. Faudrait les renvoyer chez eux. Et ceux qui veulent pas partir, faudrait les buter. »

Adrián Ruano regarda une nouvelle fois sa montre. Il espérait que les autres ne tarderaient plus, vaguement inquiet de leur retard. Il restait encore une bonne vingtaine de minutes avant l'horaire prévu pour l'annulation pure et simple du rendez-vous.

Javier s'envoya le dernier trait étalé sur le tableau

de bord, renifla, se releva. « Barrons-nous. Démarre, Feíto.

— Non ! » L'avocat avait parlé sur le ton de celui qui ordonne. Et l'ordre avait suspendu le geste du *sicario*.

Javier Greo-Perez se retourna, hargneux. « *Qué*…

— Ton père tient à cette collaboration. Beaucoup. Il me l'a encore répété ce matin au téléphone. Je l'ai rassuré en lui disant que toi-même tu avais compris son importance. » Ruano attendit un peu avant de poursuivre. « Jamais personne n'a réussi à faire rentrer cette quantité en France d'un seul coup. Beaucoup de gens comptent sur nous. Sur toi. Si tu réussis là où tout le monde a échoué, Javier, tu seras *el rey*, de ce côté-ci de l'Atlantique. *El patrón* ! »

Pas difficile de percevoir les signes de l'intense réflexion qui agitait le *pequeñito*[1] cerveau coké du jeune Colombien. Il se voyait déjà au sommet, respecté, recevant les grands chefs de la *Valle* venus en pèlerinage lui rendre hommage à lui, l'unique, celui qui, tout seul, était parvenu à conquérir un nouveau marché gigantesque et prometteur.

Dans les yeux du jeune Greo-Perez, Ruano lisait également son avenir. Pour le moment, le gamin avait encore besoin d'Adrián, pire même, il avait reçu l'ordre de travailler avec lui, d'apprendre. Même à son fils Don Alvaro n'aurait pas pardonné de tuer l'avocat maintenant. Trop tôt. Mais une fois leurs petites affaires sur les rails, lorsque Javier penserait être autonome, après avoir attendu un temps suffi-

1. Tout petit, en espagnol.

samment *poli*, six mois, huit mois, un an peut-être, il se débarrasserait d'Adrián.

S'il ne mourait pas d'une overdose de coke frelatée avant.

« *Jefe ?* » Rodrigo interrompit la rêverie de son *boss* et fit signe qu'il voulait sortir.

D'un geste impatient de la main, Javier lui donna son aval.

Feíto ouvrit la portière du Range Rover et aussitôt le froid sec envahit l'habitacle. Le *sicario* referma, fit quelques pas devant la voiture, dans le halo des phares, se retourna pour regarder derrière lui, confus, puis disparut sur la droite. Il avança d'une dizaine de mètres dans l'obscurité, jusqu'à la ligne d'arbres, et s'arrêta devant une souche. Cela faisait bien une demi-heure que Rodrigo n'en pouvait plus de se retenir et, à présent, maladroit, il était pressé de descendre sa braguette.

Il avait déjà commencé à pisser lorsqu'il aperçut une forme bizarre devant lui, sur sa gauche, appuyée contre un tronc, tellement inattendue qu'il mit quelques secondes à l'identifier.

Une moto.

En alerte, Feíto s'interrompit et, le sexe encore à l'air, dégoulinant, glissa immédiatement une main dans son dos, à la recherche de la poignée de son Ka-Bar. Il dégagea le long couteau de combat noir anodisé. Après quelques secondes d'observation silencieuse, il décida d'aller voir.

Derrière lui, dans la voiture, la discussion se poursuivait, en sourdine. Ruano expliquait que les Napolitains avaient trouvé une manière révolutionnaire de conditionner le produit, via des pêcheries, avec des poulpes ou des débris de poisson blanc arrangés en filets, congelés puis emballés. Un stratagème destiné à déjouer l'examen visuel et l'odorat des chiens, qui permettait d'inclure jusqu'à quarante pour cent du poids total en drogue dans une cargaison.

Arrivé devant la moto, Rodrigo constata que c'était une grosse cylindrée japonaise, apparemment en bon état.

Il toucha le moteur. Froid. Écouta. Les voix de son *boss* et du pédé de Madrid, un souffle d'air.

Ses yeux s'étaient habitués à l'obscurité et il se mit à observer le sol alentour. La silhouette d'un homme couché sur le ventre, immobile, se matérialisa bientôt devant lui.

Un instant, Rodrigo se demanda s'il devait prévenir son *jefe*, mais sa valse-hésitation ne dura pas, la curiosité était plus forte. Il était armé. Et c'était lui le tueur. Que pouvait-il attendre des deux autres ? Javier à la limite, mais la pédale, il ne fallait rien en espérer.

Feíto cracha par terre et s'approcha.

L'homme ne bougea pas. Mort ? Il avait une bosse dans le dos et sa tête était énorme. En fait, un sac et un casque intégral, visière miroir fermée, tournée vers Rodrigo. Il n'avait même pas pu les enlever avant de s'effondrer dans ce bois. Le tueur toucha le corps du bout de sa bottine, une première fois doucement et la seconde, plus fort. Rien. Il le retourna du pied et là obtint une réaction, un gémissement.

Le motard était vivant.

Rodrigo s'accroupit. De la pointe de son couteau,

il secoua l'intégral. Nouveaux gémissements étouffés. Vivant mais mal en point. S'il restait ici, sur la terre gelée, ce *guero*[1] n'en avait plus pour très longtemps.

Maintenant, il fallait parler au *boss*, lui saurait quoi faire. Feíto se releva et se rhabilla, et plaça ses mains sous les aisselles du motard pour le soulever, sans le moindre effort, avant de le traîner, presque debout, jusque dans la lumière au xénon.

« *Jefe !* »

L'appel de Rodrigo interrompit la conversation de Javier et Adrián qui se tournèrent vers lui. Ils le découvrirent debout devant la voiture, tenant à bout de bras un autre homme qui titubait.

« *Quien...* » Ruano ne termina pas sa phrase, Javier venait d'ouvrir sa portière et passait déjà la tête par-dessus le cadre, pour interroger son garde du corps. « Personne ne doit nous voir ici. *Nadie !* »

Le sourire que le fils de Don Alvaro adressa au Madrilène le fit instantanément paniquer, tout comme le geste qu'il fit, du pouce, sous sa gorge, en direction de Feíto. *Pas de témoin, hein ?*

Le *sicario* assura sa prise sur le col du blouson de cuir du motard et approcha la lame de son poignard de la visière du casque. Nouveaux râles.

Curieux de voir le visage de celui qu'il s'apprêtait à tuer, Feíto inséra la lame sous la jointure pour relever le masque de plastique opaque. En découvrant les yeux du motard qui le fixaient, il comprit que quelque chose n'allait pas. Il eut le temps de sentir le contact froid d'un objet dur contre sa

1. *Gringo*, homme blanc, en espagnol.

tempe et… s'affaissa dans le fracas d'une détonation.

Les deux hommes restés dans la voiture se figèrent, incrédules.

Un instant, le motard sembla sur le point de basculer en avant, entraîné par le cadavre du tueur, mais il se ressaisit, mit un genou au sol, fit remonter son pistolet d'un geste vif et ajusta les cibles restantes.

Une seconde, deux secondes, trois secondes, il passa de l'une à l'autre puis ouvrit le feu sur Javier. Double top à travers la vitre de la portière.

Tandis que son compagnon, mort, glissait à l'extérieur, Adrián Ruano, dans un ultime réflexe, recula et heurta le dossier de la banquette. Piégé. Sa bouche s'ouvrit en un *o* suppliant et il mourut lui aussi, atteint en pleine poitrine par deux balles groupées.

Les bras et les épaules du motard retombèrent. Il reprit son souffle avant de se remettre péniblement debout. Il hurla, haleta, vacilla puis, traînant derrière lui sa jambe droite, douloureuse et humide, s'approcha du passager avant pour lui tirer une fois dans la tête. Il fit de même avec le type en manteau, à l'arrière, puis s'appuya sur le 4 × 4, indécis.

Craquements des troncs gelés.

Voiture. Partir. Plus chaud. Confortable. Intérieur plein de sang. Clés sur le tableau de bord. Sortir les morts. Qui ? Fatigué. Trop. Du sang partout. Où ? Taches sombres sur le cuir des sièges. Froid. Partir. Combien de temps ? Voiture. Rouge sur le pare-brise étoilé. Chaud. Dégager. Combien de temps ? La voiture. Où ? Mal à la jambe. La moto. Combien de temps ? Partir ! Le motard secoua la tête pour chasser la torpeur délirante qui l'envahissait.

Rester conscient.

Se fixer de petits objectifs.

Retrouver sa moto. Il se retourna vers le bois avec lenteur. Un pas après l'autre, il la rejoignit, chaque irrégularité du sol un véritable calvaire pour sa cuisse blessée. Il la décolla du tronc. Nouveau cri d'agonie alors qu'il prenait place.

Contact. Démarreur. Le moteur de la japonaise répondit sans problème. Première. Un sursaut. Un écart. Le chemin. Accélération.

Le motard disparut dans la nuit.

Omar Petit, longue silhouette enveloppée dans un plaid, se tenait sur le seuil de la cuisine, ouverte sur la cour de sa ferme. Il n'y avait plus rien que le silence. Si le chien n'avait pas dressé l'oreille, une minute plus tôt, pour lui faire comprendre qu'il se passait quelque chose dehors et l'inciter à aller voir, il aurait presque cru avoir rêvé le hurlement capté en entrebâillant la porte. « Tu l'as entendu toi aussi, hein ? Ils sont revenus. » À ses pieds, le berger allemand ne broncha pas.

Machinalement, Omar regarda derrière lui sur la grande table à manger. Plus tôt dans la soirée, avec un air de défi, sa femme y avait déposé leur fusil de chasse et des cartouches, chargées au blé et au gros sel. Évidemment, elle s'attendait à ce qu'il les utilise en cas de besoin, qu'il se batte. Si les autres revenaient. Et évidemment, il avait rangé l'arme et les munitions dans le placard dès qu'il avait été sûr que Stéphanie dormait. La vieille pétoire était inutile, leurs tourmenteurs en étaient arrivés à un stade d'excitation tel qu'ils se blessaient visiblement tout seuls, sans l'aide de personne.

Un sourire irrépressible monta aux lèvres d'Omar. Il passa une main affectueuse dans les poils noirs qui couvraient le sommet du crâne de son chien et gratta. Xaj leva le museau vers lui, lécha son poignet.

Xaj, chien en wolof, unique mot de vocabulaire rapporté d'un unique et ancien voyage au pays de sa mère, le Sénégal. Retour avorté par le rejet d'une famille dont les traditions condamnaient cette fille rentrée *bredouille* de France, échec suprême, déshonneur, et qui l'avait chassée. Un voyage de quelques jours à peine, qu'Omar avait passé à compter les heures puisque personne ne voulait jouer avec lui, l'enfant de la honte, et à s'enticher d'un chien famélique du voisinage. Un *xaj*, donc, qui était mort écrasé juste avant qu'ils ne rentrent en France. Où il était né. Son pays à lui. Théoriquement.

Longtemps, la vision du bâtard mort avait été son cauchemar d'enfance *préféré*, à telle enseigne qu'il avait fallu que Stef' lui force la main, le traîne à la SPA pour choisir un animal. À l'époque déjà, ils n'avaient plus les moyens de se payer un chien de garde à eux, *neuf*. Et lui n'en voulait pas de toute façon. Mais elle l'avait eu à l'usure, parce qu'ils en avaient besoin. Au refuge, Omar Petit avait beaucoup tourné autour des cages avant de se décider, mal à l'aise à cause de la tristesse puante qui suintait de l'endroit. Il avait choisi Xaj, qui alors s'appelait autrement, à cause de son regard. Le regard résigné de ceux qui encaissent, sans se rebeller mais sans faiblir non plus.

Combien de fois Stéphanie lui avait-elle reproché ce choix, depuis, lui faisant remarquer qu'il avait opté pour le seul chien-loup qui ne montrait jamais les dents, comme son maître ?

Xaj, *Chien*, battu par un ancien propriétaire qui désirait un tueur, et choyé par le nouveau, qui n'aspirait à rien d'autre qu'à leur tranquillité à tous. Le chien faisait partie de la famille maintenant, il avait droit aux mêmes attentions que les autres. Au même respect, au même amour. Avant sa veille insomniaque quotidienne dans le vieux fauteuil de cuir rapatrié du salon télé, Omar Petit était allé voir sa fille pour l'embrasser. Autre rituel. Zoé l'attendait et ne l'avait pas lâché avant qu'il lui promette de bien s'occuper de *'Aj*.

'Aj, le chien qui s'était fait agneau, un fusil déchargé et rangé, et son obstination. Dans cette guerre stupide, c'étaient les seules armes dont disposait Omar, le colosse paisible. Trop paisible. Sa sérénité, qui avait séduit Stéphanie quand ils s'étaient rencontrés, passait aujourd'hui pour de la passivité ou pire, de la lâcheté.

Oh, il se battait, Omar Petit, mais pas de la manière dont sa femme aurait voulu qu'il le fasse, pas en rendant les coups. Il se contentait de tenir bon, de toujours recommencer, de baisser la tête et d'avancer encore, comme sa mère le lui avait appris, après qu'ils étaient rentrés d'Afrique.

Les oreilles du berger allemand se dressèrent, en

même temps que sa gueule se baissait, laissant échapper un court geignement. La main d'Omar perçut la tension de son chien avant que le bruit du moteur ne lui parvienne. Une accélération, immanquable dans le silence nocturne. Même direction générale que le cri, du côté du Bois des Moines. Une moto, un gros cube, du genre qu'il aurait aimé acheter pour emmener Stef' ou sa gamine en balade, s'ils avaient eu deux sous vaillants en poche.

Les locaux qui lui en voulaient ne possédaient pas de moto. C'était quelqu'un d'autre. L'homme qui avait hurlé ?

Ou son bourreau.

Omar aurait préféré ne pas aller là-bas cette nuit, la constatation d'éventuels dégâts à ses vignes pouvait attendre le lever du jour. Mais ce nouvel élément perturbait ses plans et il lui fallait à présent envisager la possibilité que quelqu'un ait été agressé. Et que l'incident n'ait rien à voir avec ses propres emmerdes.

Pendant quelques secondes, il n'entendit plus rien. Il était sur le point de rentrer chercher ses clés de voiture quand le vrombissement revint, plus fort. Plus proche. Le motard arrivait par ici, sur la route qui partait de la D7 et longeait l'exploitation des Petit. Ses changements de régime étaient maladroits, il donnait l'impression de ne pas maîtriser sa machine. Trop puissants ou trop faibles. Omar pensa que le mec, qui n'était plus très loin à présent, devait être bourré.

Inconsciemment, le paysan avança de quelques pas à l'approche du deux-roues, pour mieux se rendre compte. Xaj suivit, en retrait. La bécane n'allait pas tarder à passer.

La moto zigzagua devant la ferme à faible vitesse mais haut dans les tours. Omar Petit contracta les muscles de son cou et de ses épaules, souffrant avec le moulin maltraité. Il lui sembla que le motard s'était tourné vers lui quand il avait dépassé la cour. La lumière de la cuisine avait dû attirer son regard. Il y eut un bref coup de frein, des pneus qui crissaient et un grand fracas métallique.

Le type s'était vautré.

Omar se mit à courir vers la route et aperçut le motard couché sur le bitume à vingt mètres à peine de son portail. Il bougeait, essayait de se relever en gémissant. Petit s'approcha, prudent, et se pencha sur l'homme casqué. Une main gantée lui saisit le poignet. Xaj aboya.

« Relevez-moi. » Le casque fermé du motard décolla du sol avec peine. « Il faut m'aider !

— Xaj, tranquille ! » Omar repoussa son chien. « Bougez pas, je vais aller téléphoner aux pompiers.

— Non ! » Une voix forte, impérative, sous la visière. « Relevez-moi. S'il vous plaît. »

Omar, d'abord indécis, souleva le motard pour le ramener chez lui. « Stef' ! » Xaj se mit à tourner autour de lui, paniqué. « Stéphanie ! »

Quelques minutes plus tard, l'inconnu était appuyé sur la table de la cuisine et Stéphanie, cheveux bruns raides encadrant un visage anguleux et pâle, en bas de survêtement, une veste de laine enfilée à la va-vite, essayait de comprendre ce qui se passait. Incapable de se taire, son mari hésitait devant le téléphone.

Le pantalon de cuir noir du blessé était plus sombre et humide sur tout le haut de la jambe droite, mais pas déchiré. La jeune femme pensa immédiatement à une fracture ouverte, à cause de la chute. Mais Omar lui expliqua que le type n'allait pas vite. À moins qu'il ne se fût blessé avant. C'était sans doute lui qui avait hurlé. Du moins si Stéphanie avait bien tout compris. Mais hurlé quand ? Et où ?

Le motard voulut retirer son casque sans y parvenir et elle l'aida, en dépit des remontrances d'Omar qui, une nouvelle fois, parlait d'appeler les secours. Elle découvrit un visage creusé, dégoulinant de sueur, pâle, et des yeux noirs fiévreux qui la fixaient.

Dans son dos, Omar reprit la parole. « Il faut appeler les gendarmes.

— Non ! S'il vous plaît.

— J'aime pas ça. Pourquoi il veut pas de secours ? »

Sa femme ne l'écoutait pas. « Comment vous appelez-vous ? »

Le motard ne cillait pas, il était parfaitement immobile et la dévisageait.

« Que vous est-il arrivé ?

— Il faut qu'on prévienne…

— Qui ? Les gendarmes ? » Stéphanie se tourna vers son mari. « Ceux qui enquêtent sur nos histoires depuis deux ans sans rien trouver ? Ou les sapeurs-pompiers du coin, dont la moitié fait probablement partie de la bande qui a foutu le feu à l'entrepôt ? C'est ces gens-là que tu veux appeler ?

— Tu crois pas qu'on a assez de problèmes comme ça ?

— Justement !

— Qui c'est ? » Zoé se trouvait sur le seuil de la cuisine, appuyée sur Xaj, qui faisait rempart de son corps à cause de l'intrus.

« Viens. » Le motard sourit et tendit une main gantée vers la fillette qui, téméraire, s'approcha avant que les Petit aient le temps de réagir. Il se pencha, la souleva par la taille, grimaça.

« Tu as mal ?

— Oui, mais tes parents vont m'aider et après, ça ira mieux. » À Omar, calme : « Le chien a envie de sortir. » Comme le paysan ne bougeait pas, le motard dégaina son Glock 19 de sous son blouson.

Stéphanie porta les mains à sa bouche. « Ne faites pas de mal à ma fille.

— Le chien a vraiment envie de sortir. »

Omar attrapa son chien par le col. Xaj se raidit et résista jusqu'à la porte en grognant. Une fois enfermé dehors, il se mit à aboyer. « La petite, laissez-la partir. »

Le motard se concentrait sur Stéphanie. « Il y a une cave ici ? »

Instinctivement, la jeune femme regarda une porte fermée, voisine de celle par laquelle Zoé était entrée. Il y avait une clé dans la serrure.

« C'est le seul accès ? »

Hochements de tête, trop rapides pour être feints.

« D'accord, alors maintenant votre mari va sagement y descendre. »

Omar hésita, poings serrés, yeux mi-clos, veines du cou saillantes.

« Ne vous laissez pas abuser par mon état. » Un

temps. « Il n'y a que deux façons d'envisager la suite. Je me repose un peu ici avec vous trois. Je me repose un peu ici sans vous trois. » De la main qui tenait le pistolet, le motard se mit à caresser les cheveux de Zoé.

Le paysan se résigna à se laisser enfermer par sa femme.

« Bien. J'ai vu une étable avant d'entrer. Vous avez du bétail ?

— Oui. Enfin non. Plus.

— Vous avez gardé la pharmacie pour les bêtes ? » Le motard réaffirma sa prise sur la gamine qui, bien que silencieuse, commençait à s'agiter.

« Calme-toi, ma chérie, tout va bien. » Stéphanie fit un pas vers sa fille.

Le canon du Glock se releva. « La pharmacie.

— Elle est dehors, à l'atelier.

— Allez la chercher. »

« Putain de nom de Dieu de merde ! » Jean-François Néris se prit la tête entre les mains. « Je l'avais dit, non ? Putain, je te l'avais dit ! Je le sentais pas, ce soir. » Il se remit à faire les cent pas devant l'Audi. « Il faut qu'on se tire, ceux qui ont fait ça, ils sont peut-être encore par là. Putain qu'est-ce qu'on va faire, hein, qu'est-ce qu'on va faire, Simone ? » Il s'approcha de Cannavaro qui, debout à côté du Range Rover, examinait le macabre tableau, et lui attrapa la manche. « Viens, barrons-nous. »

Le Napolitain se dégagea. « La paix ! » Sa voix,

dure, suffit à repousser Néris, qui alla s'affaler sur le capot de leur voiture.

Il devait réfléchir, Simone, et vite, et gérer les priorités. Le qui, comment et pourquoi et les conséquences, on s'en préoccuperait après. « Il n'y a plus personne. » En arrivant, ils n'avaient croisé aucun véhicule sur la route ou le chemin. Le ou les tueurs étaient partis de l'autre côté. « On serait déjà morts, autrement. »

Aucun véhicule croisé, cela ne voulait pas dire que personne ne les avait vus, dans le coin, avec leur Audi. Mais ils n'avaient aucun moyen de le savoir pour le moment. *Cazzo !* C'était pour ça qu'il n'en avait pas voulu de ce rendez-vous en pleine nuit dans un bled paumé. Il aurait mieux valu se le faire à des heures et dans un endroit normaux. Ce *pezzo di merda* de Javier, bien fait pour sa gueule ! Petit trou du cul ! Mais maintenant, dans le doute, il fallait être malin. « T'as des gants ? »

Néris hocha la tête.

« Mets-les et viens m'aider. » Cannavaro s'approcha du cadavre de Feíto.

« Qu'est-ce que tu veux faire ?

— Virer tout ce bordel de là au cas où quelqu'un ait vu notre caisse. » Ils allaient larguer les trois macchabées et le 4 × 4 ailleurs. « Brouiller les pistes. » Simone espérait juste que les patrouilles de gendarmerie qu'ils avaient dépassées en venant étaient toujours occupées loin d'ici.

« Plus on traîne, plus on a des chances de se faire repérer. Barrons-nous ! »

Cannavaro fonça sur Jean-François Néris et

l'attrapa par le col. « On n'a pas beaucoup d'options et encore moins de temps. Alors tu te bouges le cul ou je te laisse ici avec les autres cons ! »

Cannavaro retourna vers le *sicario* et le prit par les bras. Il interpella son complice. « *Muoviti !* »

De mauvaise grâce, Néris le rejoignit et saisit les chevilles du Colombien. « D'accord, mais moi, je le conduis pas ton foutu corbillard. »

Cannavaro ne répondit pas, tout à sa besogne.

Rodrigo, ils le rentrèrent de force dans le coffre, ne touchèrent pas à Ruano, allongé sur la banquette avec les yeux et la bouche ouverts en une grimace ridicule. Deux dans le corps, une dans la tête. Des pros. Une certitude qui fit réfléchir Simone tandis qu'ils arrangeaient les occupants de la voiture. Javier, lui, fut redressé sur le siège avant, le corps recouvert d'un coupe-vent de golf trouvé à l'arrière. Dans l'obscurité, l'impact à sa tempe, à la lisière de la chevelure, était presque invisible, plusieurs mèches s'étaient collées dessus. Ils nettoyèrent grossièrement les projections les plus visibles sur les vitres et le tableau de bord.

« Ça ira comme ça.

— J'en ai plein les fringues. »

Cannavaro vit son compagnon tenter de s'essuyer et ne réussir qu'à étaler les taches. « On peut pas les garder, de toute façon. »

Les deux hommes échangèrent un regard.

« Ils vont dire quoi, les Colombiens ?

— Don Alvaro, je m'en occuperai dès qu'on en aura fini avec eux. » Cannavaro prit place dans le Range. « Pour le moment, tu me suis. »

Après le départ des voitures, il fallut bien un quart d'heure à Baptiste Latapie pour oser se remettre debout. Il tremblait. Il avait failli se faire surprendre par les derniers arrivés alors qu'il commençait à s'approcher pour mieux se rendre compte du carnage, curieux.

Parce qu'il avait vu des trucs, mais pas tout.

De sa cachette, Baptiste Latapie avait entr'aperçu, dans les phares du 4 × 4, le mec parti pisser qui revenait avec un autre qui sortait de j'sais pas où. Puis il y avait eu les détonations, sept en tout. Baptiste, il chassait suffisamment pour reconnaître des coups de feu. Alors il avait baissé la tête, couvert ses oreilles et fermé les yeux.

Le temps de les rouvrir et une moto détalait. Apparemment, elle était pas allée bien loin. À Baptiste, il lui avait semblé entendre des cris, par là-bas, du côté de la ferme du macaque. Mais il était pas sûr parce qu'à ce moment-là, il voulait surtout aller voir à la voiture qu'était restée derrière. Et là, les deux autres *conás* étaient arrivés et lui, il s'était jeté par terre de trouille. Alors maintenant, prudence, des fois qu'il vienne d'autres *forastiers*.

Tous pareils, ces *malagents*-là, hein ? T'en laisses un s'installer et ils viennent tous. Comme s'ils étaient chez eux. *Michantu herbu*… Si ça se trouve, il s'était vraiment arrêté chez le nègre, l'autre. Et pourquoi qu'il se serait arrêté chez le nègre, si c'était pas son copain, d'abord ?

Pendant quelques secondes, Baptiste Latapie se

laissa aller à sa joie. Il avait enfin trouvé le moyen de se débarrasser du singe, il allait le dénoncer aux gendarmes, tout simplement, comme complice de l'assassin.

Il adressa une prière silencieuse à l'Ancien, pour le prévenir et le remercier de ce bon tour, de veiller sur eux, ici-bas, et sortit du bois. Mais alors qu'il dévalait le coteau vers l'endroit où il avait caché sa mobylette, il se mit à réfléchir, Baptiste. S'il parlait aux gendarmes, il allait devoir expliquer ce qu'il faisait ici cette nuit. Y comprendraient vite, les cruchots. Et ils le feraient parler, dénoncer ses copains. Et puis, les autres, et le motard-là, ils sauraient.

Et Baptiste Latapie n'était pas sûr de vouloir fâcher un type capable d'en descendre trois autres comme ça, sans réfléchir.

H + 12

Un ressort grinça et le motard ouvrit les yeux. Au-dessus de sa tête, seule lumière, une veilleuse. Il ressentit le parquet, dur contre son dos, la douleur diffuse dans sa jambe surélevée par un édredon replié, il se rappela l'avoir installé avant de sombrer, sa poitrine comprimée par son pistolet. Il enregistra le mélange rose et vert pomme, sur les murs de la pièce, les meubles et les jouets d'enfant, et la ficelle, attachée à sa main gauche, qui remontait vers le dessus du lit, à côté de lui. Vers la gamine. Relié à la gamine.

Il était dans cette ferme, dans la chambre de la gamine, à l'étage. Par terre.

Resté avec la gamine, au cas où.

Le motard se redressa sur un coude. Zoé, tournée vers lui sur le côté, referma brusquement les yeux et fit semblant de dormir.

Sur la table de nuit, un réveil mécanique en forme de fleur rouge indiquait sept heures passées de quelques minutes. Déjà le lendemain. Trop tard pour prendre tout le monde de vitesse. Il repensa aux trois types du bois et, pour la première fois, se demanda qui ils étaient et ce qu'ils foutaient là-bas, sans trouver de réponse satisfaisante. Pas de bol pour eux. Et pour lui. Peut-être.

« Il faut que tu manges. »

La fillette ne broncha pas. Cette nuit non plus, elle n'avait pas bronché. Ni pleuré lorsqu'il avait enfermé ses parents à la cave, saucissonnés au gaffeur. Elle s'était contentée de le regarder faire, mauvaise et silencieuse, tremblante de rage. Comme si elle en avait vu d'autres du haut de ses cinq ans.

« Et moi aussi », soupira le motard en examinant le pansement qui couvrait sa cuisse.

Toujours pas de réaction.

La femme avait bien travaillé. Il l'avait un peu guidée avant de laisser faire, rassuré par ses gestes sûrs. Une vraie fille de ferme. Elle avait viré l'Elastoplast et la compresse de fortune utilisés pour tenir les chairs fermées et limiter l'hémorragie, un moment douloureux, nettoyé la plaie à l'eau, péniblement retiré l'éclat de bois qui s'était fiché à l'arrière de sa jambe, une belle saloperie de dix centimètres de long par trois de diamètre qui, fort heureusement, n'avait pas touché l'artère fémorale. Elle avait tout nettoyé à nouveau puis recousu et désinfecté, avec le gros fil de suture et la Bétadine pris dans la pharmacie à bétail. Où il avait également déniché, ainsi qu'il l'espérait, de l'Oxytétracycline 20, un antibiotique à large spectre pour animaux de ferme. Il s'en était injecté une dose de cheval lui-même, dans le quadriceps, juste après. Cela sous les yeux de la petite qui n'avait pas crié, à peine parlé, tout juste consenti à lui lâcher son âge, plus tard, avant de s'endormir.

« Tu es avec eux ? » Zoé l'observait.

« Qui eux ?

— Ceux qui veulent nous faire du mal.

— Je suis tout seul. » Le motard pencha la tête. « Qui veut vous faire du mal ?

— Des comme toi. Plein. Qui habitent autour. » La fillette se redressa en position assise, fini de jouer. « Ils nous aiment pas, avec papa. » Petite moue métisse, sous des cheveux drus, bouclés brun-roux.

« Et ils viennent souvent, ces gens ? »

Haussement d'épaules, Zoé acquiesça, hésita. « Si je mange, tu donnes à manger à maman, aussi ? »

Le motard hocha la tête.

« Et à papa ?

— Oui.

— Et à *'Aj* ? »

Le chien ?

« Après. »

Ils rejoignirent la cuisine. Le motard avait récupéré son sac à dos puis, dans le tableau électrique dissimulé sous l'escalier, remis en place le fusible de la cave abaissé pour la nuit. Il installa Zoé à la table à manger, brancha la radio, chercha un bulletin d'infos. Écouta quelques minutes. Plan Épervier déclenché dans la nuit pour trouver un fugitif. Pas de nom. La presse avait peu de détails. Lui, aucun doute là-dessus.

Il descendit voir ses prisonniers.

Sage, pense à tes parents.

Il les avait installés face à face, à quelques mètres l'un de l'autre, bâillonnés, yeux bandés, attachés bras en l'air à des tuyaux solides courant le long du mur.

Il les retrouva presque dans la même position. Seul le mari s'était débattu, la poussière dérangée de son côté en témoignait.

Le motard se planta devant lui et l'observa. Il était réveillé, aux aguets, mais ne bougeait pas.

« S'agiter ne sert à rien et vous risquez de vous faire mal. »

Omar fut secoué d'un spasme violent et tenta une nouvelle fois d'arracher ses liens tout en donnant des coups avec ses jambes solidaires l'une de l'autre. Il hurlait mais le gaffeur et le chiffon, dans sa bouche, étouffaient ses cris.

« Votre fille va bien. »

L'éruption cessa instantanément.

Le motard libéra la femme, ils remontèrent. Après avoir laissé quelques instants à Zoé et sa mère, il se fit ouvrir tous les placards à provisions puis, satisfait, ordonna la préparation du petit déjeuner.

Dehors, derrière la porte vitrée de la cuisine, le chien observait, silencieux.

« Comment il s'appelle, le berger allemand ?

— *'Aj* ! »

Stéphanie Petit mit, elle, quelques secondes à réagir. « Xaj. » Du bout des lèvres.

« Drôle de nom. Ça vient d'où ?

— C'est du wolof.

— Votre mari est sénégalais ? »

La jeune femme se retourna, « français », hargneuse. *Ils nous aiment pas, avec papa.*

« Il faut lui donner à manger aussi… À Xaj.

— Ah ? Vous voulez plus le laisser crever dehors ?

— Perso, je m'en moque », le motard posa sa main

gauche sur la tignasse de Zoé, qu'il avait gardée à côté de lui, et la caressa, « mais pas elle. » La droite jouait avec le Glock, bien en vue sur la table.

« Laissez-la tranquille. »

Une odeur d'œuf brûlé monta dans la cuisine.

« Ça crame. »

Stéphanie Petit sursauta et retira vivement sa poêle du feu.

Le motard fouilla dans son sac à dos, y prit quelque chose qu'il jeta à travers la pièce, dans l'évier. « Pour vos frais. »

La jeune femme regarda, mit quelques secondes à réaliser. Elle n'avait jamais vu de billets de cinq cents euros. Encore moins tout un rouleau si épais. Elle faillit le saisir. « Gardez-le votre fric, il pue !

— Celui-là ? Si peu. Il est à vous. »

Des pommiers, des pruniers, des vignes, un soleil pâlichon et, plus loin, des véhicules de gendarmerie, à l'embouchure d'un chemin qui filait entre les champs. Quelques civils, aussi, curieux ou préoccupés. Le lieutenant-colonel Valéry Massé du Réaux soupira.

À sa gauche, son chauffeur s'agita. « Mon colonel ?

— Rien. Je pensais tout haut. »

Lorsque le Parquet avait appelé ce matin, Massé du Réaux n'avait d'abord pas voulu croire à la gravité de l'incident. Une manœuvre, une saisine à la con. Une autre, une de plus. C'était tout ce qui lui était passé par la tête. Trop de patates chaudes, voilà ce qu'il s'était dit. Et qu'il n'avait pas décidé de revenir à Toulouse pour subir ce genre de choses.

Fusillade, règlement de comptes, Moissac.

Quand il avait entendu *Moissac*, Massé du Réaux avait eu un pincement au cœur. Il avait demandé si les victimes étaient identifiées. Comprendre : *s'agissait-il des Petit ?* Non. Des étrangers. Qui venaient d'Espagne d'après les plaques de leur voiture. Un soulagement. Rien à voir avec nos étrangers d'ici. Une pensée idiote, parce que le lieutenant-colonel Massé du Réaux aimait bien Omar Petit et sa femme. La petite Zoé aussi. La première fois qu'il l'avait vue, elle lui avait rappelé sa propre fille. Et il culpabilisait de ne pas avoir encore pu les aider mieux que ça.

Pas prioritaires.

Au départ, le procureur avait ouvert l'information judiciaire les concernant pour le principe, parce qu'il n'était pas possible de faire autrement. Les incidents à l'encontre des Petit allaient en s'aggravant, ce qui expliquait le dessaisissement de la brigade de recherche départementale après un an d'investigations infructueuses. Molles surtout. En réalité, le Parquet n'en avait *rien à foutre, du nègre de Moissac*, il gagnait du temps, d'autres affaires plus urgentes réclamaient son attention.

Éviter de se reprendre les patates chaudes de la section de recherche dans la gueule, par exemple.

Le chauffeur les arrêta derrière un Trafic bleu de l'Identification criminelle garé, comme tous les autres véhicules, à l'écart du chemin, interdit d'accès. Il nota la présence d'un camion plateau, de deux utilitaires des pompes funèbres. Parmi les spectateurs, le lieutenant-colonel Massé du Réaux reconnut un journaliste de *La Dépêche*. Il évita son regard, passa sous le Rubalise jaune *Gendarmerie nationale, Zone interdite* et se perdit parmi les nombreux militaires présents.

Fusillade, règlement de comptes, Moissac.

Assez grave finalement pour qu'en début d'après-midi, le procureur lui fasse savoir qu'il allait se transporter sur place. Sa façon de lui dire *soyez-y*.

L'adjudant Crébain, un de ses enquêteurs, se trouvait à une centaine de mètres de la route, entre deux vergers, debout devant trois bâches plastique noires étalées sur le sol. Elles recouvraient des corps humains. À peine plus loin, partiellement calcinée, la carcasse d'un Range Rover.

Massé du Réaux parut, à l'aise au milieu des *hommes*, répondant aux saluts, souriant, prompt au commentaire agréable ou à la question qui faisait plaisir, sur le moral, la famille, le petit dernier. Il donnait l'impression de connaître tous les gendarmes de la région, ce qui était impossible évidemment, mais son enthousiasme concerné n'était pas feint. Ce discret lieutenant-colonel qui, après son temps d'état-major, avait refusé un poste de choix dans son unité d'origine pour venir s'emmerder dans le marigot politico-judiciaire toulousain, avait le charisme facile des vrais meneurs. Il disait être venu ici pour sa femme, elle avait de la famille dans la région, mais Crébain n'y croyait pas, du moins pas complètement, et cela l'intriguait.

Massé du Réaux domina bientôt son subordonné de toute sa hauteur, au moins une tête de plus que lui, et l'adjudant n'était pas petit. « On avait bien besoin de ça maintenant. Vous savez où est le procureur, Crébain ?

— En fait, c'est le substitut Martignac qui est venu, mon colonel. » Un temps. « Il est déjà reparti.

— Si vite ?

— Affirmatif. Peut-être ne pouvait-il attendre dix minutes de plus ? Le Parquet a l'air tellement préoccupé par ce qui va se passer le mois prochain… »

Massé du Réaux jeta un œil en direction de l'adjudant.

Celui-ci souriait et ajouta : « Je suis sûr qu'ils nous font pleinement confiance.

— Et moi donc. Bon, puisque je suis là, racontez-moi. »

Crébain s'accroupit, retira les bâches l'une après l'autre. « Voiture brûlée, trois morts. L'incendie semble s'être arrêté assez vite tout seul. Il a fait très froid, cette nuit… »

Vêtements collés à des peaux pour une large part noircies, desséchées, craquelées. Chairs apparentes par endroits, nuances rose-rouge sous le noir. Plus de cheveux. Doigts et membres rétractés.

« Les victimes sont de sexe masculin. Aucun papier d'identité. Aucun bagage ou document exploitable dans la voiture, à part son immatriculation… »

Traits des visages encore grossièrement apparents. Des sourires à pleines dents, sur des bouches sans lèvres. La paupière de l'un des morts avait complètement fondu alors que, curieusement, le globe oculaire correspondant était intact. Il fixait les deux gendarmes.

Du menton, Crébain indiqua le 4 × 4. « Espagnole, mais ça vous le saviez déjà.

— Le propriétaire s'appelle Adrián Ruano, avocat à Madrid, info *Guardia Civil* tombée pendant que j'étais en route.

— Ils ont fait vite.

— Tellement vite qu'ils ont déjà vérifié son emploi du temps. Ruano est *indisponible* selon son cabinet qui n'a, évidemment, pas voulu donner plus de détails.

— Tant de sollicitude », ironisa Crébain.

« La *Guardia Civil* nous envoie quelqu'un. Pour observer et assister.

— Comme ça ? Sans nous demander notre avis ?

— Ils l'ont fait, au-dessus. J'ai reçu des ordres. Et les ordres…

— Sont des ordres. Mais qui donc est ce Ruano !? »

Massé du Réaux haussa les épaules. « L'un de nos trois cadavres ? Nous en saurons plus quand notre *observateur* sera arrivé, j'imagine. Continuez.

— Âge des victimes difficile à déterminer, l'autopsie précisera. Ou une éventuelle identification d'ici là. Je ne m'avance pas trop en disant que leur décès n'est pas imputable au feu. » L'adjudant Crébain pointa du doigt la poitrine du cadavre du centre et l'abdomen de celui situé immédiatement sur sa gauche, et ensuite les trois têtes. « Deux tempes gauches. Celui-ci, on l'a trouvé plié en quatre dans le coffre. On ne lui a tiré dessus qu'une fois. Celui-là, assis à l'avant, côté passager. Trois balles en tout. Et trois balles aussi pour le dernier, qui était à l'arrière, à moitié couché sur la banquette. Lui, la troisième l'a cueilli au milieu du front. »

Massé du Réaux se pencha sur les orifices d'entrée thoraciques. « Propre. Bien groupé. Je n'aurais pas fait mieux du temps de ma splendeur.

— Merci, mon colonel, c'est ce que je voulais entendre.

— Vous avez repéré les balles ? »

Crébain secoua la tête. « Pas de plaies de sortie. Toutes probablement encore dedans.

— Hum. » Massé du Réaux fronça les sourcils. « On n'a pas d'étui non plus. Et à mon avis, c'est pas juste parce que les tueurs sont prudents. »

Les deux gendarmes se relevèrent.

« Les tueurs ?

— Affirmatif. » Crébain alla jusqu'au Range Rover. « Je ne crois pas que nos trois touristes aient été exécutés ici. »

Massé du Réaux s'avança à son tour et s'arrêta à la hauteur de la portière passager, dont la vitre était fendillée autour de deux impacts.

« Les positions des cadavres et les trajectoires probables des balles ne collent pas avec les premières constatations sur la voiture. À part peut-être pour l'homme de la banquette arrière. Mais celui du coffre a été foutu là après sa mort. Il était couché sur le côté, blessure à la tête contre le sol.

— Et le dernier ?

— Tué dans la voiture peut-être, ça expliquerait en partie l'état de la vitre latérale, mais pas assis comme on l'a retrouvé. » Crébain, debout à côté du 4 × 4, s'arc-bouta et simula un homme installé sur le siège passager. « Imaginez notre victime ici. » Il montra sa tempe gauche, orientée vers l'intérieur de la voiture, et son abdomen, face au pare-brise avant mais bien en dessous de la ligne du tableau de bord. Il secoua la tête. « Impossible. Les points d'entrée au centre du pare-brise, deux, concernent à coup sûr le mec de la banquette. Mais ceux de la vitre latérale sont mal orientés par rapport aux blessures du tronc. À moins… » Crébain fit semblant d'ouvrir la portière. « À moins qu'il ne se soit tenu debout, comme ça, derrière la vitre. Peut-être même sur le marchepied. »

Massé du Réaux se retourna vers l'avant du Range. « Il regardait devant ? Quoi ?

— Plutôt qui.

— Le ou les tueurs ? » Sans attendre. « Vous avez fait ratisser les environs ? Ça s'est peut-être quand même produit pas loin.

— Pas encore, pas assez de bras. Épervier. »

Massé du Réaux soupira. « Le terroriste présumé, armé et dangereux ? » Sa voix se perdit dans un souffle. « J'avais oublié. »

Finis-le !

Six ans déjà, un autre terroriste, avéré celui-là, coincé dans un hameau près de Lyon. *Finis-le !* Ça tire. Des étincelles. L'homme, il ne voulait même pas se rappeler son nom, est au sol, sur la route. Il bouge encore, il relève son arme. *Finis-le !* Il y a trois autres gendarmes, plus loin des journalistes filment. Des maisons autour, des gens. Il faut les protéger. Tous. *Finis-le !* Pas les laisser tomber. *Finis-le !* D'autres coups de feu. Le nouvel ennemi public numéro un est mort.

Finis-le !

C'était la voix de Massé du Réaux qui criait les ordres, ce soir-là. Il était devenu un héros pour les siens, ce soir-là. Comment aurait-il pu oublier ?

Crébain poursuivit : « Le 4 × 4 s'est enfoncé jusqu'ici, assez loin, puis le conducteur l'a garé tel quel, avec l'arrière vers la route. » Il pointa l'entrée du chemin, où l'attroupement était plus important que tout à l'heure, « à l'avant, les techniciens n'ont rien trouvé. Or on a tiré sur nos gars par l'avant. Derrière, là, en revanche », son doigt montrait à présent une zone plus petite, au-delà des trois morts, délimitée elle aussi au Rubalise, « une autre voiture est passée. Et c'est récent.

— Donc, si je résume, trois exécutions, deux cadavres dans l'habitacle, un à l'avant, côté passager, l'autre à l'arrière, et le troisième dans le coffre. Un ou plusieurs tueurs. Une fausse scène de crime maquillée en barbecue.

— *Barbecue 82*, parfait pour une cellule d'enquête. Merci, mon colonel. »

Valéry Massé du Réaux posa une main sur l'épaule de l'adjudant. « Bon courage. »

Crébain fit un signe à deux employés des pompes funèbres qui patientaient à quelques pas de là. Ils s'approchèrent et posèrent une civière à côté du premier corps.

« Attendez ! »

Deux civils arrivaient, mâchoires carrées crispées, traits fatigués, silhouettes sportives, démarches assurées. Crébain pensa aussitôt à Massé du Réaux qui, à ses côtés, ne bougeait pas.

Puis le lieutenant-colonel se mit à sourire avant de s'adresser à l'un des nouveaux venus. « Dominique. Ça faisait longtemps.

— Trop. »

Pas de salut ou de main tendue. Ni grade ni patronyme.

Dominique présenta son compagnon. « Lui, c'est Michel.

— L'adjudant Crébain, un de mes OPJ[1]. Vous êtes perdus ? »

Dominique et Michel se regardèrent. « On cherche quelqu'un.

— Épervier ?

— Oui.

— Qu'est-ce que tu viens foutre sur ma scène de crime, alors ? »

Tutoiement de rigueur.

« On fait un crochet rapide depuis la Haute-Loire.

— Sacré crochet.

— Les ordres…

— Sont les ordres, je sais. » Le lieutenant-colonel ignora une brusque quinte de toux de son OPJ. « Longue nuit ?

— On était là-bas hier soir, quand notre fugitif a disparu. J'ai eu deux *blastés*. »

Massé du Réaux ne fit aucun commentaire mais Crébain, qui le gardait à l'œil, nota sa surprise passagère.

« On vient vérifier si votre histoire ne pourrait pas nous intéresser. »

1. Officier de police judiciaire.

Michel marcha jusqu'aux bâches, examina les morts et siffla, admiratif.

Comme Massé du Réaux un peu plus tôt. Même réaction, mêmes coutumes, même unité, le *Groupe*.

Dominique continuait : « C'est Rosny qui nous a prévenus.

— Si vite ?

— Ils ont reçu des consignes. »

Crébain se rapprocha lui aussi des cadavres. « Il sait faire ça, votre terroriste ? »

Michel acquiesça.

« Et il est seul ou accompagné ?

— En fait, on n'en sait rien. Seul a priori.

— Vous êtes aux fraises, hein ? Vous savez même pas de quel côté il a filé ? »

Nouvelle approbation silencieuse puis : « Vous savez qui c'est, ces mecs ?

— Négatif. » Crébain montra la voiture. « Juste que la caisse vient d'Espagne et appartient à un avocat qui est peut-être l'un de ces trois-là. Ou pas. » Il laissa passer quelques secondes. « Notre tueur était pas tout seul.

— Vous en êtes sûrs ?

— On a des indices qui suggèrent que les victimes n'ont pas été exécutées ici… Et qu'il y avait une autre voiture. Déplacement plus deux voitures égale au moins deux personnes.

— Ils ont pris le temps de bouger les cadavres ?

— Le Range aussi. Avant d'y mettre le feu. Pas vraiment le comportement d'un homme en fuite, hein ? »

Michel se releva et s'adressa à Dominique. « Je crois pas que ce soit pour nous.

— OK, alors retour maison. Valéry…

— Je vous accompagne, je rentre aussi. » Massé du Réaux salua Crébain et suivit les deux gendarmes en civil. « Comment ça va, là-haut ?

— Les anciens vont bien. Ils vieillissent et commencent à râler parce que ça faisait un moment qu'on ne les avait pas fait trimer aussi dur. On sort pas mal. » Dominique hésita, laissa Michel prendre un peu d'avance et ajouta, plus bas : « Je voyage beaucoup. »

Autour d'eux, le ballet des techniciens touchait à sa fin.

« Il n'y a pas grand-chose dans votre message d'alerte Épervier. Des données anthropométriques, une photo. Pas terrible la photo.

— Non, pas terrible », sourit Dominique, « ancienne, retouchée.

— Pas la gueule du barbu de base non plus. Converti ? »

Pas de réponse.

Ils franchirent le Rubalise. Il y avait toujours du monde mais le journaliste n'était plus là. Parvenu à leur voiture, Michel lança un *au revoir* rapide à Massé du Réaux puis s'installa au volant. Dominique, debout côté passager, regarda ses pieds puis au loin. « J'ai jamais compris pourquoi tu n'étais pas revenu au Groupe. »

Finis-le !

Massé du Réaux haussa brièvement les épaules. « Je n'étais plus à ma place, je crois. » Un temps.

« Quelque chose te tracasse ? Depuis quand vous faites du porte-à-porte ?

— Laisse tomber. » Puis : « Juste… tu as raison, c'est pas un converti. »

Ils se serrèrent la main et le lieutenant-colonel rejoignit son chauffeur.

« Toulouse, mon colonel ?

— Non, moi aussi j'ai un crochet à faire.

— Mon colonel ?

— Roulez, je vous indiquerai. »

Paul Cathala était un homme courtaud, au crâne dégarni et rasé de près, pour les cheveux qui lui restaient, avec un visage rond, traversé de haut en bas par un nez aplati échoué sur un menton à la galoche généreuse. Lorsqu'il passa devant la vitrine embuée du *Café des Sports*, il détourna la tête. Trop de crouilles à l'intérieur, il le savait, même pas besoin de regarder. Trop de crouilles partout. Ils étaient pas chers et bien pratiques au moment des récoltes, vu que plus un jeune du coin avait le courage de se casser le cul, mais le reste de l'année, il fallait les renvoyer chez eux, les crouilles, et puis c'est tout. Sinon, ils prenaient racine.

Et c'était pareil pour tous ceux qu'étaient pas d'ici.

Il pressa le pas, remonta la rue du Marché et entra au *Rendez-vous des Amis*, son bar à lui, à un jet de pierres du précédent, avec sa vue privilégiée sur la grande place des Récollets, en plein centre de Moissac. « Salut, les guerriers !

— Mon Paulo ! Comment tu vas ? » Derrière le

comptoir, Adrien Viguie reposa la tasse qu'il venait d'essuyer. Il taillait une bavette avec Gaétan Fabeyres, debout devant son ballon de Tolosan du soir. Et le soir arrivait vite, ces temps-ci.

Viguie était un ancien exploitant qui avait vendu ses parcelles de chasselas à Cathala, parce qu'un jour, *il en avait eu marre de tous ces cons, et surtout ceux du syndicat, qui laissaient faire.* Avec l'argent, il avait racheté ce bistrot. Fabeyres, lui, cultivait toujours, avec son frère, Louis. Ils faisaient surtout du fruit, pomme et prune, quelques rangs d'ail et tiraient un peu la langue en ce moment.

« Fraîchement. » Cathala se frotta les mains, montra le verre de Gaétan Fabeyres. « Même punition. »

Viguie versa.

« Alors, mon Gaétan, tu viens avec nous, samedi, au chevreuil ? » Sans attendre de réponse, Cathala se tourna vers le patron. « Toi tu viens, hein ? »

Viguie acquiesça, referma la bouteille de vin avec une capsule en plastique.

Fabeyres vida son verre. « Un autre. » Puis, sous sa moustache : « Je viens, moi.

— En parlant de chasse », Cathala avala une gorgée, « vous savez ce qui leur a pris, aux gendarmes, de s'agiter comme ça, hier soir ? » Il se pencha en avant, conspirateur, et fit signe aux deux autres de se rapprocher. « C'était pas cette nuit, que Baptiste, il devait aller faire un tour chez… » Paul Cathala releva le menton d'un air dédaigneux. Il était jamais arrivé à prononcer son nom, à l'autre. *Merda !* Deux ans après, il digérait toujours pas le coup que lui avait fait le vieux Dupressoir, en refilant sa terre à sa gamine et son macaque. C'est lui qui aurait dû l'avoir, cette exploitation, et pour un bon prix encore. Personne d'autre. Surtout pas un nègre.

« C'était cette nuit », lâcha Viguie avec l'air de quelqu'un qui détient un secret d'État, « même qu'il est parti d'ici, pour y aller. Avec sa mobylette.

— L'est pas *fòl* ? » Fabeyres engloutit son second verre d'un trait. « Ça gelait à mort, hier soir.

— T'inquiète », Viguie posa une main sur l'avant-bras de Cathala, « il avait pris cher avant de partir, il risquait pas d'attraper froid. » Il se mit à rire. « Heureusement que les gendarmes étaient occupés ailleurs.

— Ils en avaient pas après lui, alors ?

— Non. Je l'ai appelé tout à l'heure pour vérifier. Il m'a dit qu'il les avait pas vus.

— Il passe ? Faut qu'il nous raconte. »

Adrien Viguie secoua la tête. « M'étonnerait. Il avait pas l'air en forme, au téléphone. Il était parti pour rester chez lui toute la journée.

— Il a peut-être pris froid, après tout », ricana Cathala.

La porte s'ouvrit sur un coup de sonnette et un courant d'air glacé.

Pierre Bordes, grand, noueux et frisé, emmitouflé dans un vieux parka kaki, fit son entrée. « Le bonjour aux couillus. » Il se déshabilla et alla prendre place auprès des trois autres. « La même ? » Accompagnant la parole d'un moulinet du doigt, il engloba tous les verres posés sur le comptoir. « Dites, vous êtes au courant pour ce qui s'est passé du côté de La Mouline ? » Il parlait d'un lieu-dit au nord de Moissac.

Viguie déboucha une nouvelle bouteille. « Non.

— Explique, c'est quoi l'histoire ? » Cathala poussa son ballon vers le patron.

« Y a eu des morts apparemment. Trois. C'est le père Chomérac qui m'a dit. Et une voiture a cramé. Je me suis même arrêté voir en revenant par ici.

— Et alors ?

— Du bordel partout. J'avais pas vu autant de gendarmes depuis longtemps. »

Cathala tapa dans le dos de Bordes. « Tu te rappelles quand on est montés à Cahors, pour la manif, l'été dernier ? » Son regard se perdit dans le vague. « On s'était bien marrés, ce jour-là.

— Ouais, on leur en avait mis plein la gueule, aux cruchots. » Fabeyres aspira le fond de son verre, le tendit à Viguie. « Je suis sûr que c'est encore un coup de ces sales ratons, cette histoire de macchabées.

— En tout cas, c'est bien la preuve qu'on devrait pas laisser les étrangers s'installer par ici. Après, c'est la merde. Tout à l'heure, je suis passé devant les *Sports*. Tu les aurais vus, les biques. » Paul Cathala conclut sa phrase en levant le coude.

« C'est peut-être pour ça qu'ils s'agitaient hier soir, les gendarmes ? » Adrien Viguie attrapa un ballon pour Bordes et le lui tendit, plein.

« Hier soir ? Sûrement pas. Ils les ont trouvés que ce matin, c'est un voisin à Chomérac qui les a prévenus. Le juge est passé et tout. Ils ont même fait venir des gars de Toulouse. » Bordes prit le temps de boire un peu. « Il s'est passé quoi, hier soir ? »

Cathala haussa les épaules.

Le patron rangea sa bouteille. « On sait pas, mais ça a pas mal bougé.

— Encore une embrouille des ratons de Cadossang. » Gaétan Fabeyres laissa échapper son troisième verre qui se renversa sur la manche de son bleu. « *Merda !*

— Au fait », Pierre Bordes baissa d'un ton, « c'était pas cette nuit qu'il devait aller lui rendre sa visite mensuelle, au boucaque, le Latapie ? Et pourquoi il est pas là, d'abord ? »

Le regard du fonctionnaire de la police de l'air et des frontières fit plusieurs allers-retours entre le document d'identité qu'il tenait dans les mains et le visage de l'homme debout devant lui, de l'autre côté du comptoir.

Passeport allemand, nom à consonance espagnole, traits asiatiques encadrés par des cheveux noirs rasés rangés sous une casquette américaine. Des yeux, d'un bleu très clair, presque gris, étranges, bridés. Petite trentaine, si l'on se référait à sa date de naissance. Visage marqué, tout de même. Il ne savait pas ce qui le dérangeait le plus chez ce type qui venait de débarquer d'un Gulfstream immatriculé aux États-Unis, mais pour une raison qui lui échappait, il se sentait plus rassuré derrière le verre blindé. « *Mister* — prononcé *misse-terre* — *Mireles-Tor…*

— *Torres. Mireles-Torres.*

— *Why you here ?*

— *Pleasure.*

— *Your friend* », le policier montra un homme plus

petit, replet, en costume gris, qui patientait devant un chariot à bagages, de l'autre côté du poste de contrôle, « *here for business. So* ?

— *We are not friends.*

— *Sorry ?*

— *Not friends. We just flew in together, then we go our separate ways.*

— *Sorry ? Repeat, please.* »

Un second policier, adossé au fond de la cabine, s'approcha. « Il t'a dit qu'ils ont juste voyagé ensemble. Après, ils se démerdent chacun de leur côté.

— Ça se partage les jets privés maintenant ?

— Qu'est-ce que j'en sais, moi ? C'est l'heure, expédie-le, qu'on aille s'en jeter un.

— *Do you have things to declare ?* »

Antonio Mireles-Torres secoua la tête. S'il avait été tout à fait honnête, il lui aurait dit qu'il venait pour travailler, qu'il ne s'appelait pas Antonio Mireles-Torres et que son passeport allemand était faux. Bien que lui possédât véritablement la nationalité allemande. Par son père. Mais il était surtout colombien et connu dans le pays qui l'avait vu grandir sous le nom de Chen *Tod* Niemeyer. Tod-*La Mort* aurait également pu devenir chinois, il lui aurait suffi d'en faire la demande. Grâce à sa mère. Pour des raisons qui ne regardaient qu'elle, celle-ci avait néanmoins préféré oublier qu'elle était née et avait passé les quatre premières années de sa vie en Chine. Elle avait choisi la Colombie comme terre d'adoption, il y a longtemps, et s'était, jusqu'à la fin, abstenue de chercher à renouer le moindre lien avec son pays d'origine.

Mais tout ceci était trop compliqué pour le petit fonctionnaire français derrière la vitre. Et Tod n'était pas exactement ce que l'on pouvait appeler un homme honnête. Mieux valait s'en tenir au plan initial et se contenter pour le moment d'être Antonio Mireles-Torres, un simple touriste allemand d'ascendance hispanique. Pour éviter les pertes de temps inutiles.

« Alors, *welcome in France.* »

Tod retrouva son compagnon et ils s'autorisèrent à parler une fois les portes du hall d'arrivée de Toulouse-Blagnac franchies. En espagnol.

« J'ai bien cru qu'ils allaient vous retenir. » Le petit homme peinait derrière son chariot. Convoqué en urgence pour un départ précipité, il avait mal dormi durant le vol, en dépit des aménagements luxueux de l'avion personnel de Don Alvaro Greo-Perez.

Tod avançait à ses côtés, seulement lesté d'un *Keepall* en cuir noir. « Je ne risquais pas grand-chose.

— Quand même, votre passeport.

— Vous étiez là, Señor Araneda, et vous êtes avocat, *no* ?

— Je n'aurais pu… », haleta Ignacio Araneda. « J'ai une réputation à préserver.

— Tout le monde la connaît, votre réputation, à Bogotá. Je crois même que c'est elle qu'*el patrón* paie si cher, *no* ? » Tod dévisagea Araneda.

L'homme de loi se déroba. Détournant le regard, il parcourut la foule. « Mon confrère devrait être par ici. » Il se dressa sur ses ergots et repéra une pancarte à son nom. Araneda adressa un signe empressé de la main à celui qui les attendait, la cinquantaine sérieuse en costume sombre, et avança vers lui, soulagé de pouvoir enfin prendre un peu de champ.

Le motard avait enfermé Zoé dans sa chambre, volets clos, et les parents au sous-sol, neutralisés. Il entreprit de faire le tour de la maison, pour vérifier une nouvelle fois toutes les issues, et s'arrêta dans la pièce qui servait de bureau aux Petit. Il chercha de quoi lire jusqu'à ce que son œil fût attiré par trois classeurs marqués *Famille Petit / Procédures / Agressions / 2000* et *2001* et *2002*.

Ils nous aiment pas, avec papa.

Il ouvrit le premier et le parcourut. Dans une pochette translucide, collée à l'intérieur de la couverture, des photos, anciennes, et des Polaroid, récents.

Sur les plus vieux clichés, retenus ensemble par un trombone, une ferme. Cette ferme. Sous tous les angles. La maison, devant laquelle posait une famille, trois adultes, deux femmes et un homme tout sourire, et une gamine d'une dizaine d'années. Au dos, le motard put lire *Famille Dupressoir : Raymonde, Louis, Jacqueline, Stéphanie.* Il reconnut ensuite la grange, qui fermait la partie droite de la cour de la ferme. Il retrouva également l'étable, de l'autre côté, plus petite, prolongée par un entrepôt de moellons, tôle et bois. Il n'était plus là aujourd'hui et, après réflexion, le motard visualisa juste un muret inégal, qui en marquait l'emplacement. Une ruine. Les constructions respiraient le neuf, le réhabilité. Cette série était datée *1982*.

Les premiers Polaroid eux, remontaient à la mi-2000, les derniers, au mois en cours. Des inscriptions sur les murs extérieurs de la ferme, sur celui d'une grange, sur le pare-brise de la voiture : *Dupressoir trêtre*, *Le chasselas aux Moissagais*, *Pas de macaque paysan*, *Pars ou creve*, *Mort au negre*, *Suceuse de bittes noires*, *La petite finira au fosse apres qu'on en aura fait une femme*. L'entrepôt, rempli de raisin en cagettes, aspergé de liquide rouge, avec deux jerrycans jetés à la va-vite. Plusieurs volées de plombs, dans différents murs. Une voiture, vitres brisées, pneus crevés. Un rat mort, dans le vide-poches de la voiture. Un corbeau, cloué sur la porte de la grande grange. Un chat, empalé sur le portail métallique. Un tracteur, pneus crevés, carrosserie défoncée. L'entrepôt, dévasté par un incendie, le pourquoi du muret. Des chèvres mortes, une dizaine, dans un pré. Une parcelle de vignes saccagée. Une autre. Une troisième.

Le motard rangea les photos.

Venaient ensuite des documents administratifs, les expertises d'assurance, les premières plaintes. Harcèlement téléphonique, dégradations, lettres anonymes confectionnées avec des bouts de journaux. Les Petit avaient tenu quelques semaines avant de se rendre à la gendarmerie. Harcèlement téléphonique, dégradations, d'autres lettres. Zoé *fortement chahutée* à l'école. Les gendarmes qui se réveillaient, trois mois plus tard. Les Petit prenaient un avocat peu après, quand les tags haussaient le ton. Le Parquet s'y mettait. Mollement. Première récolte sabotée, au mazout. Les assurances s'en mêlaient pour de bon.

Deuxième classeur. L'affaire était transmise à la police de Castelsarrasin. Nouvelles dépositions, quelques interrogatoires parce que les Petit pointaient du doigt certains voisins, rien de concluant. Déjà le printemps 2001, un an que ça durait. Quelques soutiens locaux puis le cycle infernal reprenait. Harcèlement, inscriptions, dégradations. Louis Dupressoir, le père, faisait une attaque. Veuf, il n'habitait pas avec sa fille et son gendre mais se battait à leurs côtés depuis le début. On l'éloignait pour son bien. Des certificats médicaux étaient établis, mettant en cause le stress provoqué par toute l'histoire. L'avocat construisait son dossier. En août, l'entrepôt brûlait. Un article dans la presse locale. Le Parquet s'agitait, gagnait du temps. Exit la police, bienvenue à la SR de Toulouse, des gendarmes *sérieux*, dixit le procureur dans une lettre à la famille. Et tout recommençait.

Mais pas d'arrestation.

Troisième classeur. Cette année. Presque vide, juste deux nouveaux dépôts de plainte pour dégradation de parcelles. Mais on n'était que le 17 janvier.

Le motard le referma et médita sur son manque de bol. D'abord la blessure, ensuite les trois glands, et maintenant cette famille et ses problèmes.

Si les gendarmes avaient décidé de faire du zèle et surveillaient le coin, s'éloigner d'ici au plus vite aurait pu apparaître comme une bonne idée. Un peu tardive néanmoins et… Ils ne gardaient pas la ferme à l'œil, ils l'auraient déjà repéré et arrêté, autrement. Cette affaire les faisait chier, ils tergiversaient.

Et le plan Épervier mobilisait tous les effectifs disponibles.

L'alerte durerait encore au moins vingt-quatre heures. Passé ce délai, les recherches prendraient une autre forme. En pleine cambrousse, le maillage territorial de la gendarmerie, sa proximité avec la population seraient les meilleurs atouts de ses poursuivants. Il y avait toujours un péquin pour voir le truc anormal chez le voisin, ou dans tel champ, ou dans tel bois. En ville, anonyme dans la foule, avec une police qui s'était peu à peu aliéné ceux qu'elle était censée connaître et protéger, les risques d'être remarqué étaient moindres.

Le motard n'était pas en état de voyager, encore moins de s'échapper. Sa blessure exigeait quelques jours de repos. Trois minimum. Trop long. Combien de temps avait-il roulé après avoir tué les types du bois, hier soir ? Pas longtemps, dix minutes, cinq, moins ? Il ne se souvenait plus. Combien de routes, combien de maisons dans le coin ? Pas beaucoup, une. Pas assez. La scène de crime était trop proche, l'enquête de voisinage passerait forcément par ici.

Aurait dû passer par ici. Dès aujourd'hui.

Il avait guetté toute la journée.

Personne n'était venu.

Personne n'avait trouvé les corps ?

Ce n'était qu'une question de temps. Trois jours ?

Bouger et risquer un barrage, ne pas bouger et se retrouver au centre de la tourmente.

Le motard se leva, sentit sa jambe se dérober sous

lui, une pointe de douleur remonter dans sa cuisse, le long de sa hanche, de son dos. Il se rattrapa au bureau et serra les dents.

Rester parce qu'il n'avait pas le choix. Rester, entre deux maux, le moins certain. Et puis une autre pensée fragile, chassée aussitôt. Rester pour arrêter de se cacher, rester pour qu'ils le trouvent et qu'on en finisse, enfin.

Son ventre gronda, la faim. Sa montre indiquait qu'il était à peine dix-huit heures. Tôt. Il remarqua que sa main gauche tremblait, s'efforça de l'ignorer. Il devait terminer son tour, puis il ferait remonter la femme, pour qu'elle prépare à manger.

Le motard rejoignit la cuisine, s'arrêta devant la porte vitrée, aperçut le chien, couché juste derrière. Xaj releva la tête, le regarda.

Le motard se demanda si quelqu'un d'autre l'observait. Il s'était posé la question toute la journée. Trois otages à l'intérieur de la maison, s'ils étaient là, ils devaient réfléchir. Un peu. Pas du tout. Le neutraliser, c'était la priorité. Et avec les problèmes de voisinage qui empoisonnaient la vie de cette famille, ceux qui le traquaient disposaient d'une excuse idéale pour maquiller un assaut sanglant. Aucune raison d'attendre, de négocier.

Le motard mit la main sur la poignée, vit qu'il tremblait encore, se ravisa.

Au cours de l'après-midi, il avait envoyé la femme dehors deux fois, seule, pour éviter de trop perturber la routine de la ferme, d'attirer l'attention des voisins. Pour faire sortir un éventuel loup du bois. Pour ne pas avoir à s'exposer. Il savait ce qui se passerait, là, à l'extérieur, s'ils l'attendaient.

La doudoune usée et tachée d'Omar Petit pendait sur la patère plantée dans le mur près de l'entrée de la cuisine. Le motard l'enfila. Il se couvrit la tête avec la capuche qui dégueulait du col usé. Le vêtement sentait la sueur, la ferme, le travail, la vie normale.

Il ouvrit. Xaj se leva, recula de quelques pas sans le perdre de vue. Ils se jaugèrent. Le chien dressa les oreilles un peu plus, baissa la tête, grogna.

« À toi de voir. » Le motard mit les mains dans ses poches et s'avança dans la cour. Le ciel nocturne était opaque, la lune encore absente. Juste la luminosité de la cuisine, pas un bruit. Il marcha jusqu'à l'étable. Sur la porte, gravé en grand dans le bois : *Mort au negre*. Il se rappela l'une des photos. Il entra, trouva l'interrupteur à tâtons. Inconsciemment, il rentra la tête dans les épaules. Puis il alluma.

Rien.

Sa moto, sous une bâche. Un tracteur, une remorque, de l'outillage rangé en vrac dans les enclos désertés. Il éteignit, serra les bras pour comprimer la doudoune sur lui, il faisait très froid, ressortit.

Rien.

Xaj était assis à distance raisonnable. Ses oreilles, repliées en arrière, se redressèrent à l'approche de l'homme. Un peu, pas complètement. Ils marchèrent du même pas jusqu'à la route, suivant des trajectoires parallèles, attentifs l'un à l'autre, et s'arrêtèrent au portail. De l'autre côté de la bande d'asphalte, des champs, indistincts du ciel. Aucun voisin ou trop loin. Aucune étincelle dans le noir.

Rien.

Ils étaient seuls, le chien et lui. Et les Petit.

Le motard sortit une main de ses poches, la tendit paume vers le haut, attendit. Un museau humide. Une langue râpeuse. Ses doigts remontèrent sur la tête de Xaj. Une caresse. Amis, pour le moment.

Le motard souffla, apaisé le temps de quelques volutes de condensation. La fatalité, son unique horizon, s'éloignait. La nuit cessait d'être hostile. Cela faisait longtemps.

« J'ai faim, pas toi ? »

À peine avait-il parlé qu'elles apparurent. Deux, proches l'une de l'autre, synchrones. Fasciné, il suivit les lumières des yeux.

La tête du berger allemand se tourna brusquement, enfin. Il avait entendu.

Un moteur. Des phares. Une seule route. Pas de voisin. La voiture venait par ici.

Xaj suivit le motard lorsqu'il se hâta vers la maison.

H + 24

Stéphanie Petit ouvrit la porte de la cuisine et cligna des yeux, le froid de l'extérieur, les phares qui illuminaient la façade de la ferme et l'aveuglaient, la peur. Elle pleurait doucement. Elle se détourna un instant, le temps d'apercevoir le vestibule et l'escalier qui menait aux chambres.

Je serai avec Zoé. J'entendrai tout.

Le motard l'avait détachée avec brutalité et propulsée en haut des marches de la cave.

Quelqu'un vient, débarrassez-vous-en !

Les gendarmes. Elle distinguait la rampe de gyrophares sur le toit du break bleu. Des mois qu'elle crachait sur leur incompétence, sa foi en les autorités érodée au fil des agressions impunies, des investigations infructueuses, des angoisses nocturnes qu'aucun représentant de l'État censé les protéger n'était parvenu à apaiser. Et puis, les voilà, enfin. Au bon moment, au bon endroit.

La cavalerie.

Ne croyez pas que j'hésiterai. J'ai franchi ce pas-là depuis longtemps.

Retrouver la confiance, un peu, juste là.

Stéphanie Petit inspira profondément, s'essuya le visage, dernier regard en arrière, et sortit dans la cour pour rejoindre le lieutenant-colonel Massé du Réaux qui l'attendait derrière le portail, debout à côté de sa voiture, avec son chauffeur. « Il y a... » Sa voix dérailla, elle toussa, porta une main à son front pour se protéger de la lumière, repartit à l'assaut. « Il y a un problème ? »

J'entendrai tout.

« Oui. » Massé du Réaux vit les yeux de la jeune femme s'ouvrir grands d'un seul coup. « Enfin non. Rien vous concernant. Vous êtes seule ? »

À peine une hésitation. « Là ? Oui.

— Votre mari est absent ?

— Il travaille.

— C'est tard. De quel côté ? »

Stéphanie s'agaça. « Pourquoi vous voulez le savoir ?

— Simple question. » Massé du Réaux s'approcha un peu plus du portail. « Quelque chose ne va pas ?

— Non.

— Sûre ? On dirait que vous avez pleuré.

— C'est le froid.

— Et votre fille, elle va bien ?

— Non... »

Je serai avec Zoé.

« Oui ! » Stéphanie se mordit l'intérieur de la lèvre.

J'ai franchi ce pas-là depuis longtemps.

« Elle va bien. » Jusqu'au sang.

Ne croyez pas que j'hésiterai.

« Pourquoi vous êtes là ? »

Les gendarmes avaient-ils remarqué ?

Je serai avec Zoé.

Lui, il avait certainement remarqué. Entendu. Et il allait s'en prendre à Zoé. Il fallait leur dire. Elle devait se taire. Sinon, il allait s'en prendre à Zoé. Lui faire du mal. Faire du mal à Zoé. Son bébé. Parler. La fermer. Ou avoir un peu confiance, juste là. « Vous avez des nouvelles ou vous êtes juste venus nous emmerder ? » Non. Pas en ces gens-là.

Massé du Réaux, confus, encaissa mal l'hostilité de Stéphanie Petit. « Pas de nouvelles, non. Il y a eu un incident à La Mouline, trois morts », il regarda son chauffeur, mal à l'aise, « et j'ai voulu en profiter pour… » Il se trouva soudain bête, pas à sa place. « Enfin, je suis venu voir si tout allait bien.

— C'est des gens d'ici ?

— Qui ?

— Les trois morts, à La Mouline.

— Non.

— Et vous êtes venus juste pour ça ? On n'a pas besoin qu'on nous tienne la main », Stéphanie Petit tourna le dos aux deux gendarmes, « plutôt que de perdre votre temps ici, allez arrêter ceux qui s'en prennent à nous ! » Elle repartit en direction de la cuisine, angoissée.

Elle n'avait pas atteint le seuil de sa maison que les claquements caractéristiques des portières se firent entendre. Le break démarra, fit marche arrière. L'ombre de Stéphanie dansa sur la façade à mesure que les phares se déplaçaient dans son dos.

Aussitôt rentrée chez elle, elle rejoignit le vestibule.

Le motard l'attendait en bas de l'escalier, assis dans la pénombre. Il se leva à son arrivée. « La Mouline, c'est où ?

— Ma fille, je veux la voir. » La jeune femme tenta de monter.

« Elle va bien. » Le motard la repoussa du plat de la main « C'est loin ?

— Quoi ?

— La Mouline.

— C'est à dix bornes d'ici ! Mais qu'est-ce que ça peut vous », la voix de Stéphanie Petit faiblit, « foutre ? » Elle recula d'un pas. « Que s'est-il passé à La Mouline ? »

Ils se dévisagèrent.

« Vous avez tué ces gens ?

— Peut-être. » Le motard parut réfléchir. « Sans doute.

— Vous n'êtes pas sûr ?

— Non. » Puis : « Je n'ai pas roulé assez longtemps.

— Quoi ? » Stéphanie recula d'un autre pas. « Vous êtes fou.

— Peut-être.

— Pourquoi auriez-vous tué ces gens ?

— C'était nécessaire. » Le motard descendit la dernière marche. « Eux ou moi. » Ses deux mains étaient vides, le pistolet, invisible. Son sac avait également disparu.

Zoé, là-haut. Il fallait la voir, la toucher. Vérifier que tout allait bien. La jeune femme bondit en avant, décidée à forcer le passage. Elle parvint à bousculer le motard, à le faire vaciller, mais il la retint quand même par le bras. Elle se débattit, hystérique, criant qu'elle voulait sa fille, hurlant son prénom. Il lui saisit l'autre bras. Ils improvisèrent un corps à corps brouillon puis il la gifla et elle s'effondra sur le sol.

À l'étage, Zoé pleurait derrière sa porte, appelait sa *maman* à pleins poumons.

« Qui êtes-vous ? » La bouche en sang, Stéphanie Petit respirait avec peine. « On vous a rien fait. » Elle fut prise d'un hoquet de sanglots. « Laissez-nous tranquilles. »

Le motard récupéra son Glock 19, glissé au creux de ses reins. « Vous allez vous lever et préparer à manger. Ensuite seulement vous pourrez voir la petite. Et toi là-haut, ta gueule !

— Lui parlez pas comme ça ! »

Le motard appuya le canon de son arme sous l'œil de Stéphanie et lui repoussa la tête en arrière. « Contentez-vous de faire ce que je vous dis. »

« Le professeur Guibal ne répond pas », la femme de l'accueil raccrocha, « je vais aller voir si je peux le trouver. »

Tod, assis à l'écart des deux avocats restés debout devant le comptoir, la suivit des yeux alors qu'elle se levait pour s'éloigner dans un couloir aux murs passés, éclairé de blanc. À l'entrée de celui-ci, à côté d'une porte pare-feu ouverte en grand, le visiteur pouvait lire sur un panneau : *CHU Toulouse-Hôpital de Rangueil, Unité de thanatologie médico-judiciaire*.

Une famille se serrait dans la douleur sur trois chaises disposées de l'autre côté de la salle d'attente. Il y avait une femme d'un certain âge, la soixantaine, et un couple, petite trentaine tous les deux. Tod pensait *couple* à leur façon de s'accrocher l'un à l'autre, aux petits gestes, aux attentions, différents de ceux qu'un frère aurait pour sa sœur. La mère, le fils et la belle-fille donc, ou le contraire. Il les dévisageait.

Assez vite, le mari se rendit compte de cette curiosité malsaine. Il essaya de soutenir le regard de Tod en retour, sans y parvenir totalement, puis se pencha pour parler à son épouse. Elle offrit à l'importun une mine outrée. Fort de ce soutien, le mari osa même un coup de menton belliqueux.

Aucune réaction, puis, en espagnol : « Tu crois que je regarde ta femme ou la vieille ? » Tod secoua la tête, amusé. « *Las mujeres* ont ce pouvoir, elles nous rendent braves. » Ses yeux ne quittaient pas l'homme assis en face de lui, qui s'agitait sans comprendre. « J'ai toujours eu horreur de voir les femmes tristes. »

Las de ce monologue incompréhensible dans lequel il devinait une provocation, le mari s'énerva. Du regard, il chercha le soutien des présents, surtout Araneda et son correspondant français, Édouard Rigny, un ténor local, qui s'étaient retournés à cause du brouhaha.

« C'est à cause de ma mère, *sabes* ? Elle ne souriait jamais, *mi madre*, elle avait ce poids sur ses épaules, si lourd. Toute sa vie elle a été comme ça. »

L'homme interpella Tod et, avec un air de défi, joignit le geste à la parole.

Le Colombien poursuivit sans varier. « J'aime pas la tristesse chez les femmes. À cause de mon travail, j'en ai rendu tristes un paquet, *sabes* ? Et je continue. » Il baissa les yeux un instant. « Et je supporte pas, vraiment, ça me rend malade. »

Le mari fit mine de se lever, hors de lui, pour finalement se laisser retenir par sa mère.

« Je tue leurs hommes, leurs pères, leurs frères, et elles sont tristes, c'est normal. » Tod se mit debout et s'approcha lentement de la famille qui, d'instinct, se recroquevilla un peu plus. « Et moi je déteste ça. Elles me font penser à ma mère. Alors je les tue aussi. »

Édouard Rigny s'apprêtait à intervenir quand l'hôtesse d'accueil reparut, avec un médecin qui voulut immédiatement savoir ce qui se passait. Personne ne lui répondit. Tod s'était détourné du trio endeuillé et ne lui prêtait plus la moindre attention.

« Ces messieurs viennent d'arriver d'Amérique du Sud », expliqua Rigny. Il toussa pour s'éclaircir la voix. « Ils représentent une famille qui pense avoir perdu un proche dans un accident de la route hier soir. Il faisait du tourisme dans la région avec deux amis. Or je crois savoir que trois personnes mortes en voiture ont été amenées ici cet après-midi.

— Je suis un peu étonné de cette visite si… rapide. Qui vous a dit que nous avions reçu ces morts ?

— Sont-ils ici ?

— Tout dépend de qui vous entendez par *ils*.

— S'il vous plaît, professeur Guibal, cessons de jouer, nous nous connaissons depuis suffisamment longtemps.

— Je ne joue pas, maître Rigny », s'énerva le médecin. « Ces messieurs qui sont avec vous, je ne les connais pas. Et je n'ai aucune information sur celui ou ceux qu'ils recherchent. Quant à vos accidentés… Trois cadavres de personnes décédées ensemble cette nuit viennent tout juste d'arriver au service, effectivement », il leva une main pour empêcher son interlocuteur de l'interrompre, « mais nous ne savons rien de leur identité. De plus, elles ne sont pas mortes dans un accident », il insista sur ce mot, « sauf à considérer comme tel l'incendie volontaire d'une voiture.

— Un incendie volontaire ?

— Oui.

— Pas un accident ? »

Guibal secoua la tête. « Et ils vont avoir du mal à les reconnaître, leurs copains. »

L'avocat de Toulouse se tourna vers Araneda et lui expliqua la situation en anglais. Ils conversèrent, tendus, pendant plusieurs minutes, jusqu'à ce que Tod intervienne et mette fin à l'échange.

« Serait-il possible de voir les », Rigny hésita, « corps ?

— Qui sont ces messieurs ?

— Voici maître Araneda… »

Ignacio Araneda s'inclina en avant.

« De Bogotá, son client s'appelle Alvaro Greo-Perez, père du possible défunt. Quant à ce monsieur… », Rigny désigna Tod sans le regarder. En chemin, il s'était aperçu qu'il rechignait à le faire, « j'ai cru comprendre qu'il est un ami de la famille Greo-Perez.

— Et ils viennent juste de débarquer à Toulouse ?
— Exactement.
— Vous dites qu'ils ont été prévenus hier soir ?
— Oui. »

Le professeur Guibal se permit un sifflement faussement admiratif. « Par qui ?

— Je ne vois pas en quoi ceci est important.

— Ceci est important, maître Rigny, parce que vos *amis* sont arrivés de l'autre bout du monde presque en même temps que trois putains de macchabées, passez-moi l'expression, trouvés à moins d'une heure d'ici. Et qu'ils semblent être plutôt sûrs de leur fait alors que nous ne savons toujours pas qui sont les victimes. Je dis *victimes* parce que c'est comme ça qu'il conviendra que vous les appeliez à l'avenir, puisqu'elles font l'objet d'une information judiciaire pour homicide volontaire. » Le médecin tourna les talons. « Maintenant, si vous voulez bien m'attendre ici, il faut que j'aille téléphoner. »

Le premier appel parvint à Massé du Réaux alors qu'il se trouvait encore à une vingtaine de kilomètres de Toulouse. Il décrocha le combiné du terminal embarqué, écouta le permanent du PC de transmissions, se fit connecter au réseau téléphonique civil, écouta à nouveau, posa quelques questions, soucieux, répondit au professeur Guibal et raccrocha. Il essaya ensuite de joindre Crébain puis son adjoint, à Saint-Michel, sans y parvenir. Il leur laissa des messages en regardant sa montre, contrarié. Même s'il était tard, il aurait dû pouvoir au moins parler à l'adjudant. « Changement de plan, nous allons à Rangueil. »

Le second appel eut lieu quelques minutes plus tard. La caserne à nouveau. Un homme venait d'arriver d'Espagne qui appartenait à la *Guardia Civil*. Ils furent mis en relation à la demande du… « Lieutenant-colonel Massé du Réaux, je commande la section de recherche de Toulouse. »

Capitán Miguel Barrera… De Madrid.

« Nous vous attendions demain. Désolé que personne ne soit là pour vous accueillir. »

J'ai voulu venir sans attendre.

Le français était correct, avec son lot de *é* à la place des *e* et ses *s* suçotés.

« Et vous avez bien fait. Vous êtes officier de liaison ? »

No, Antidroga.

Quelques secondes s'écoulèrent.

Colonel ?

« Ce Ruano à qui appartient le 4 × 4, c'est un de vos objectifs ? »

Sí. Lui et deux autres personnes qui nous… qui nous intéressent, ont disparu de nos surveillances depuis trois jours.

« Disparu ? »

À nouveau, un silence.

Quand pensez-vous que je pourrai les voir, los… cuerpos *? Les corps ?*

« Le plus vite possible. » Massé du Réaux réfléchit un instant. « Araneda, Greo-Perez, ce sont des noms qui vous disent quelque chose ? »

Un des deux autres desaparecidos *s'appelle Greo-*

Perez. Il faut parler, vraiment, mais j'aimerais voir les corps d'abord.

« Il y a un gendarme avec vous, là ? »

Sí.

« Passez-le-moi. »

« C'est fini ? » Pas la moindre émotion dans la voix, une simple question qui invitait à une réponse simple.

« Presque. »

Le motard était assis sur une chaise, pistolet bien en vue, à l'entrée de la chambre de Zoé. Pour surveiller le dîner de la petite. Il sonda le visage de Stéphanie Petit. *Je sais que tu sais que je sais que…* Elle faisait durer le plaisir et il lui sourit, sans gentillesse. « Vous avez deux minutes. »

Mère et fille se regardèrent puis Zoé fixa l'intrus, conjurant toute la méchanceté dont elle était capable. Elle avait cessé de pleurer depuis un moment mais ses yeux étaient encore rouges d'émotion. Ceux de Stéphanie également.

Le repas s'acheva rapidement et les deux adultes quittèrent la pièce en silence. Alors qu'il enfermait la fillette, le motard l'entendit sauter de son lit pour venir coller son oreille à la porte. Il tourna la clé dans la serrure, l'empocha, poussa la mère devant lui et ils descendirent.

« La vaisselle et après, la cave.

— Il fait froid en bas, on ne pourrait pas…

— Je vous apporterai d'autres couvertures.

— Je vous interdis de fouiller dans nos affaires !

— La vaisselle. » Le motard indiqua l'évier du canon de son arme et boita jusqu'au bout de la table à manger, loin de Stéphanie, qui n'avait toujours pas bougé. « Rappelez-vous, avec vous ou sans vous. »

Une larme coula sur la joue de la jeune femme. Elle renifla pour retrouver une contenance, s'essuya le visage et commença à ranger. « Qui êtes-vous ? » Elle mit de l'eau à couler. « Vraiment, je veux dire… Parce que ça m'intéresse de savoir comment on devient le genre de merde qui s'en prend à des enfants. » Stéphanie fit face au motard. « Vous êtes un de ces tarés maltraités tout minots et qui se vengent sur la société, c'est ça ?

— Dépêchez-vous.

— Quoi, elles vous gênent mes questions ? » Un temps. « Alors, pourquoi ? C'est votre père qui vous battait ou pire, il vous a violé quand…

— Je ne suis pas fou, madame Petit, même si ça vous arrange de le croire. On me paie, ou plutôt on me payait, pour bien faire ce que je fais. Cher. Parce que je suis tout sauf fou. Et pour gagner ma vie, il m'arrive de tuer des gens. Leurs enfants aussi, si c'est nécessaire. » Le motard pencha la tête sur le côté. « Est-ce que cela va devenir nécessaire ? » Nouveau geste du canon. « La vaisselle. »

Stéphanie retourna à l'évier, « qu'est-ce qui va se passer », expira bruyamment, « quand vous partirez ?

— Rien. Dépêchez-vous. Pensez à Zoé. »

Ils restèrent sans parler. Sous les claquements d'assiettes et de couverts entrechoqués affleuraient les sanglots mal contenus de la jeune femme.

Le motard n'y prêta rapidement plus attention. La

visite des gendarmes le laissait perplexe. Ils avaient évoqué trois morts, dans un lieu-dit situé à dix kilomètres d'ici. Trop loin. Il refusait de croire que l'état de faiblesse dans lequel il était la veille avait pu le perturber au point de ne pas se rendre compte de la distance parcourue entre le lieu de la fusillade et cette ferme. Difficile, dès lors, d'envisager qu'il s'agissait des types du bois. Cependant, imaginer que trois autres cadavres, sans lien avec les siens, avaient pu être retrouvés dans le même espace-temps paraissait invraisemblable.

Les mêmes morts. Ce qui ne pouvait signifier que deux choses. Soit les gendarmes avaient menti volontairement et tentaient une intox, une manœuvre peu crédible, trop compliquée, inutile, qui n'était pas le genre de la maison, soit les corps avaient été déplacés.

Par qui, pourquoi et avait-il été vu par celui ou ceux qui l'avaient fait, autant de questions qu'il devait se poser pour comprendre dans quoi il avait mis les pieds.

Et le motard n'avait que peu d'éléments à sa disposition pour y répondre. Trois hommes, des étrangers, peut-être italiens ou espagnols, il n'avait pas bien entendu. La frontière avec l'Espagne était proche, il en savait quelque chose, c'est là-bas qu'il avait initialement prévu de se rendre. Espagnols, probablement. Ils étaient venus en 4 × 4, en pleine nuit, dans un lieu isolé. Un rendez-vous. Pas galant. L'un d'eux était armé d'un couteau de combat et avait semblé prêt à l'utiliser sans hésiter, sans même poser de questions. Pour éliminer un inconnu dont le seul tort était de se trouver là. Pour se débarrasser d'un témoin. Gênant. Personne ne devait les voir. Les enjeux étaient suffisamment élevés pour justifier la mort d'un homme. Un rendez-vous secret. Avec une seule voiture. Les trois hommes qu'il avait tués étaient donc les premiers sur place. Ils attendaient d'autres gens. Qui étaient arrivés plus tard. Ils avaient alors trouvé les corps et décidé de les bouger. Pour brouiller les pistes.

Rendez-vous secret, déterminés, sang-froid, espagnols ou… basques peut-être. ETA ? Putain, de mieux en mieux.

Le motard s'aperçut que Stéphanie Petit avait terminé. Elle l'observait, attentive, et s'était rapprochée d'une grande armoire installée contre le mur du vestibule. Il perçut une hésitation dans ses yeux, qu'elle masqua rapidement derrière un sourire forcé. Elle ne se laisserait pas faire et profiterait de la moindre occasion. Il ne put s'empêcher de l'admirer pour ça et de se sentir gêné. « Le fusil n'est plus là », fut tout ce qu'il trouva à dire avant de la ramener en bas et de l'attacher à nouveau pour la nuit. Il vérifia ensuite les liens du mari et remonta s'assurer une dernière fois que toutes les issues étaient barricadées.

Zoé, couchée, lui tournait le dos quand il entra dans sa chambre. Elle semblait dormir. Sa lampe de chevet était allumée et il l'éteignit pour la remplacer par la veilleuse. Debout à côté du lit, immobile, le motard se laissa aller à regarder la gamine et faillit sursauter quand, après quelques minutes, sa petite voix brisa le silence de la maison.

« Je veux pas que tu restes avec moi. » Zoé ne bougea pas. « Laisse-nous tranquilles. »

Le motard hésita longuement puis recula finalement jusqu'au seuil de la pièce, le plus doucement possible, comme s'il ne voulait pas déranger. Là, il osa un dernier coup d'œil en direction de la fillette avant de se résoudre à l'enfermer pour la nuit.

Xaj attendait dehors, assis devant l'entrée. La cuisine était plongée dans le noir mais il avait dû entendre le motard parce qu'il bougea la tête vers lui lorsque celui-ci s'approcha de la vitre. Le chien se leva quand la porte s'ouvrit. La truffe en l'air, il huma l'atmosphère de la maison puis, apparemment rassuré, entra.

« Vous n'avez pas pu les retenir ? » Le lieutenant-colonel Massé du Réaux venait d'arriver à l'hôpital de Rangueil et dissimulait mal son agacement.

« Les clients de Rigny n'avaient visiblement pas envie d'attendre. » Le docteur Guibal haussa les épaules. « Et puis j'ai autre chose à foutre que de raconter des conneries pour faire poireauter les gens. Je vous ai prévenus. Pour le reste…

— Ils ont laissé des coordonnées ?

— Non, mais vous savez où joindre Rigny, j'imagine. Pour info, l'hôtesse d'accueil les a entendus parler de l'hôtel *Crowne*… »

Le médecin fut interrompu par l'arrivée d'un autre gendarme, accompagné d'un homme efflanqué de grande taille, très brun, à la chevelure et à la barbe tellement fournies qu'elles donnaient l'impression qu'il avait une tête disproportionnée. Il portait deux bagages, un sac de voyage et une sacoche pour ordinateur portable.

Massé du Réaux serra la main à Miguel Barrera et, après des présentations sommaires, revint à l'essentiel. Guibal, excédé, dut répéter son histoire puis, en dépit de ses protestations, la journée avait été longue, accompagna les deux officiers au *frigo*.

« Qui sont ces gens, d'après vous ? » demanda Massé du Réaux.

Les trois hommes avançaient d'un pas vif, dans le couloir principal du service de médecine légale. Guibal marchait devant, pressé d'en finir.

« Ce qu'ils disent, des hommes d'Alvaro Greo-Perez.

— Qui est ? »

Barrera sourit à Massé du Réaux. « Un *traficante de cocaína* colombien qui se cache derrière une organisation paramilitaire très violente, les *Autodefensas Unidas de Colombia*, pour protéger et vendre sa merde. Un homme dangereux. Un de ceux qui ont disparu de Madrid avec Ruano, c'est son fils, Javier.

— Et son père croit qu'il est parmi nos trois morts de ce matin.

— Il le sait.

— Vous semblez bien sûr de vous, capitaine.

— Il a fait voyager un de ses avocats, un homme qui coûte beaucoup d'argent, toute la nuit pour être ici très vite. Et cet avocat était accompagné. » Barrera interpella le professeur Guibal : « Docteur, comment était l'autre homme ?

— Je ne l'ai pas bien regardé », répondit le médecin, « pas loquace, assez grand, asiatique. Il y avait un truc étrange chez lui, mais je ne saurais vous dire quoi. »

Miguel Barrera hocha la tête sans rien ajouter.

L'atmosphère de la chambre froide était saturée par des relents de chair brûlée qui couvraient l'odeur habituelle, ferreuse, de la mort. Plusieurs corps, nus ou habillés, attendaient qu'on les examine sur des brancards mal alignés. Tout au fond, trois housses en plastique blanc. Guibal entreprit de les ouvrir avec un aide, arrivé derrière eux.

« Je peux ? » Sans attendre de réponse, Barrera installa son ordinateur portable sur une table métallique roulante. Il l'alluma puis s'approcha des cadavres que le médecin venait de dévoiler. Il les examina un moment tous les trois ensemble puis un par un. « *Muy bien* », lâcha-t-il plus pour lui-même que pour les autres. « Quand vous ferez la », il chercha un instant le mot français, « la autopsie ?

— L'autopsie ? » Guibal se tourna vers Massé du Réaux.

« C'est l'adjudant Crébain qui dirige l'enquête. Il ne s'occupe pas de la préparation du procès du mois prochain, donc ça ne dépend que de vous.

— Alors, demain ou après-demain, j'espère. »

Barrera acquiesça, concentré sur les débris et lambeaux de vêtements fondus, soudés aux morts par le feu. Il s'intéressait tout particulièrement à la montre-bracelet de l'un des trois hommes.

Massé du Réaux s'approcha. « Vous avez trouvé quelque chose ?

— Vous aimez les belles montres, colonel ?

— Je n'y connais pas grand-chose.

— Ça, c'est une *Malta. Suiza*. Très rare et très chère. »

Pendant que son homologue français observait le bras dans lequel le bijou s'était littéralement incrusté, en compagnie d'un Guibal curieux, Barrera se mit à chercher dans son ordinateur. Il remonta une arborescence de dossiers puis ouvrit une série de clichés qu'il parcourut rapidement jusqu'à ce qu'il trouve celui qu'il voulait. La photo représentait un homme jeune, séduisant, de type hispanique, pris au téléobjectif à l'occasion d'une soirée. Il tenait un verre et les manches de sa chemise de soie noire étaient repliées jusqu'au milieu de ses avant-bras. À son poignet gauche, une Malte Tonneau Tourbillon Squelette de la marque suisse Vacheron Constantin. La même montre. « C'est un problème.

— Quoi ? » Massé du Réaux se redressa pour regarder l'Espagnol puis l'ordinateur.

« Quand il aura fini, le docteur dira que cet homme, là », Barrera montra le cadavre à la montre, « c'est Javier Greo-Perez. » Il indiqua l'écran du portable et, après quelques instants, un des deux autres cadavres, moins grand mais plus massif que le premier. « Lui, c'est sans doute Rodrigo Martes. Quand il était bébé, on l'a trouvé devant une église, un mardi, c'est pour ça qu'il a ce nom. Mais pour ceux de Colombie, c'est juste *Feíto*. Il était le garde du corps de Javier Greo-Perez, toujours avec lui. Un tueur. Le dernier, c'est Ruano, je crois.

— Vous croyez ?

— C'est logique, ils étaient dans sa voiture, *no* ? Et ils sont tous *desaparecidos.* »

Massé du Réaux considéra les trois morts. « Pourquoi c'est un problème ? On a une idée de qui ils sont maintenant.

— Vous savez comment ils appellent Alvaro Greo-Perez, le père de Javier, chez lui ? *El Triple Cero.*

— Triple Zéro ? Il se prend pour James Bond, votre type ? » ricana Guibal.

Barrera lui renvoya un sourire triste. « Ils disent ça parce que lui il prétend qu'il a tué trois cents personnes tout seul. Avec ça. » Il leva ses deux mains devant lui, prêtes à serrer des gorges imaginaires. « Moi, je crois que c'est vrai. Et aussi qu'il en a fait assassiner *mucho más*, des milliers, par ses *sicarios.* » Barrera laissa retomber ses deux bras le long de son corps. « *Su hijo*, son fils, c'était tout pour Don Alvaro. »

L'Audi était garée sur le bas-côté d'une petite route, phares éteints, moteur au ralenti. Au volant, Simone Cannavaro et, à côté de lui, Jean-François Néris. Tod était installé à l'arrière. Tous trois surveillaient l'entrée du château de Mercuès, à quelques dizaines de mètres de là. Elle était éclairée par deux spots posés sur les piliers de vieilles pierres qui se dressaient de part et d'autre d'un portail en fer forgé ouvert.

Néris s'agita sur son siège, mal à l'aise d'être là, en pleine nuit, avec ce Colombien taciturne dans son dos qui, à peine débarqué en France, risquait de les entraîner dans des embrouilles supplémentaires. Il était impressionné cependant, Greo-Perez avait dépêché ses émissaires sur place moins de vingt-quatre heures après le coup de fil d'alerte de Cannavaro. Impressionné et effrayé. L'homme assis derrière lui semblait en savoir long sur leur compte, sur son compte à lui, Néris.

Tod lui adressa la parole en espagnol. « Patience. Encore dix minutes et le service du restaurant battra son plein, j'ai téléphoné. Il y aura moins de déplacements à l'intérieur de l'hôtel. »

Cannavaro grogna. « La fille est encore là ?

— J'ai demandé à lui parler vers vingt heures. Ils m'ont passé la chambre de Javier, elle a décroché, j'ai coupé. Elle est encore là et il faut que je lui parle. » Tod récupéra une petite sacoche sur la banquette à côté de lui. Il l'ouvrit, vérifia le contenu, la referma, enfila des gants en cuir puis tapa sur l'épaule de Cannavaro. « Tu as une arme ? »

Le Napolitain le dévisagea et prit son temps pour répondre. « Oui. Un Beretta.

— Passe-le-moi. »

Avec réticence, Simone Cannavaro se sépara de son pistolet.

« Merci. » Tod sourit. « Tu as bien fait de déplacer les corps et de tout brûler. Don Alvaro comprendra. Il comprend toujours l'urgence et la sécurité. »

Cannavaro grogna à nouveau.

« Regardez ! » Néris montra quelque chose, dehors.

Une silhouette féminine quittait le château à pied, enveloppée dans un coûteux manteau de peau et fourrure, encombrée par un imposant *vanity* et tirant avec peine une valise à roulettes Vuitton.

« Les phares. » Tod, toujours en espagnol.

La femme, surprise par l'illumination soudaine, leva une main pour protéger ses yeux. Son manteau s'ouvrit partiellement, révélant une jupe ultracourte, des jambes gainées de nylon noir et de hautes bottes en cuir perchées sur des talons vertigineux. Exactement le genre de Javier, une pétasse qui aimait le luxe et se tirait en douce quand plus personne n'était là pour payer la note. Le niveau juste au-dessus de la pute.

Le Colombien sortit. « *Excuse me, miss* », commença-t-il en anglais, « vous avez un problème ? »

La réponse vint après quelques secondes d'incertitude. « Il faut que je parte tout de suite. J'étais avec des amis qui m'ont abandonnée ici sans voiture. Je voulais un taxi mais ces *fucking french* ne sont pas capables de…

— Puis-je ? » Tod s'était avancé pour prendre sa valise. « Nous pouvons vous conduire à Cahors, si vous voulez.

— *Thank you*, ce serait vraiment trop gentil.

— Venez. Je m'appelle Tod.

— C'est anglais ça, comme moi. Vous êtes anglais ? Il y en a tellement par ici.

— C'est allemand. Et vous, c'est quoi votre nom ?

— Saskia Jones. De Londres. »

Tod hocha lentement la tête tandis qu'il la guidait vers la voiture à côté de laquelle Néris et Cannavaro attendaient.

« Vos amis, ils ne s'appelaient pas Ruano et Greo-

Perez, par hasard ? » Calmement, le Colombien ouvrit le hayon de l'Audi et rangea la valise.

« Comment le…

— Quels étaient vos numéros de chambre ?

— Qui êtes-vous ?

— Quelles chambres ? » Tod souleva son blouson de cuir et montra le pistolet glissé dans sa ceinture.

La jeune Anglaise recula et buta dans Néris. « Nous… Nous avions trois suites, chacune avec un nom. » Elle eut du mal à se les remémorer mais y parvint dès que le Colombien lui attrapa le bras pour la secouer.

« L'un d'entre vous a-t-il laissé des objets ou des documents à la réception ?

— Je ne sais pas. Je ne crois pas.

— Il y a des coffres dans les chambres ?

— Oui.

— Le code du vôtre ?

— Je ne le… » Saskia eut le souffle coupé par un coup de poing au ventre que suivit un uppercut au menton. Elle perdit connaissance et Cannavaro la retint pour l'empêcher de s'étaler par terre. Il la fit basculer dans le coffre.

Tod ordonna de la garder à l'œil puis partit vers le château. Il remonta l'allée principale en restant dans le noir, à l'abri des arbres qui la bordaient, contourna le parking pour la même raison et fit le tour du château pour se faire une idée des différents points de pénétration possibles. Cour intérieure, terrasse du restaurant et office, à l'arrière, lui apparurent exclus d'avance. Trop de va-et-vient ou de dîneurs pour le remarquer. Restait l'entrée principale avec sa baie vitrée. Il s'installa en face de celle-ci, derrière un bosquet, et fut contraint de patienter une vingtaine de minutes avant que le réceptionniste daigne s'en aller.

Tod entra. Il essaya d'atteindre le comptoir, pour récupérer les clés de Javier et de ses invités mais fut dérangé par l'apparition de plusieurs clients de l'hôtel dans le hall. Il se replia vers l'escalier principal et monta rapidement dans les étages pour ne pas être vu. Au second, il prit le temps de s'orienter et, les instructions sommaires de Saskia en tête, localisa les chambres qui l'intéressaient.

Celle de Ruano était la plus proche. Arrivé devant la porte, Tod l'examina un instant, extirpa la sacoche de son blouson, passa en revue les outils qu'elle contenait, opta pour le pistolet de crochetage, s'assura que la forme de la lame était compatible avec la serrure et l'inséra. Pompant sur la gâchette, il lui fallut trois essais et quelques légers coups de poignet pour dégager les contre-goupilles et libérer le barillet.

La suite était rangée et préparée pour la nuit, lampes de chevet allumées, lit déplié. L'hôtel ne savait pas encore que le client qui logeait ici ne reviendrait plus jamais. Les bagages de l'avocat madrilène se trouvaient dans le placard du couloir d'accès. Tod les fouilla, ne trouva rien. Le coffre était fermé. C'était un modèle d'hôtel assez standard, avec un pavé électronique pour entrer la combinaison. Tod alluma son Palm, consulta la fiche d'Adrian Ruano que lui avait fournie Don Alvaro et identifia les bons chiffres à la cinquième tentative, années de naissance des parents dans l'ordre père mère. À l'intérieur peu de choses, du cash, quelques bijoux, de la cocaïne, un agenda électronique et un ordinateur portable. Les papiers de Ruano, il les avait déjà, ainsi que ceux de Javier et Rodrigo, Cannavaro les lui avait remis quand ils avaient fait la jonction, après la visite à l'hôpital. Tod embarqua le reste dans un sac de pressing mis à la disposition des clients de l'hôtel. Il vérifia ensuite la pièce principale et la salle de bains mais ne trouva rien de plus.

La chambre de Feíto ne lui offrit guère de surprise. Son coffre était vide, sa garde-robe limitée et il ne se droguait pas, Tod le savait. Il ne découvrit rien de compromettant non plus dans celle de Javier, à part beaucoup d'argent et de coke qu'il fit rapidement disparaître.

Il s'apprêtait à sortir quand quelqu'un frappa. Un rapide tour d'horizon lui fit réaliser que la suite n'était pas en ordre. Le ménage n'avait pas été fait, *la puta* avait dû y passer toute la journée. Un détail qu'il avait négligé.

La porte s'ouvrit et une domestique fit son apparition.

Tod se replia dans la salle de bains, un vaste espace carrelé d'ardoise beige plongé dans l'obscurité. Il s'enferma dans la cabine de douche, derrière une protection en verre dépoli, caché par un repli du mur, et attendit. Dans la pièce voisine, la femme avait allumé les lampes de chevet et refaisait le lit puis elle se mit à passer l'aspirateur. Cela dura cinq bonnes minutes. Des tintements de vaisselle lui signalèrent ensuite qu'elle débarrassait le plateau-repas qu'il avait aperçu en entrant dans la chambre.

Lumières, la domestique entra.

Tod devina sa silhouette déformée à travers la vitre. Elle passa une fois devant lui, fut sur le point d'ouvrir puis se ravisa et rassembla les serviettes qu'elle emporta à côté, avec la poubelle. Elle revint quelques secondes plus tard et nettoya la console où se trouvaient les lavabos, changea les échantillons, essuya partout, s'occupa des toilettes après avoir émis un grognement dégoûté. Elle retourna dans la chambre.

Tod tira sur ses gants.

La femme reparut, se dirigea vers la douche et ouvrit.

Tod l'attendait et ne lui laissa pas le temps de crier. Il lui plaça une main sur la bouche tandis que de l'autre, il l'attirait à lui. Puis il la retourna alors qu'elle se débattait en vain, lui attrapa la tête, la fit pivoter violemment. Un craquement sec. Le corps de la femme s'affaissa dans ses bras. Il l'abandonna dans la douche, fit disparaître le chariot de ménage du couloir, prit son sac de butin et quitta le château par le chemin qu'il avait emprunté pour venir. Personne ne le vit.

« Quelque chose te préoccupe ? »

Valéry Massé du Réaux posa ses couverts sur le rebord de son assiette, s'essuya la bouche, regarda sa femme, Michèle, qui l'observait à l'autre bout de la table de la cuisine, un verre de vin devant elle. Elle avait déjà mangé avec leur fille Suzanne, plus tôt, trop faim. Pour une fois, lui n'était pas rentré à l'heure, rompant avec cette routine réglementaire toulousaine qui avait été la leur jusqu'ici et que même les récentes basses manœuvres du Parquet n'avaient pas réussi à briser. Le retard de ce soir était une anomalie. Il se demandait si elle resterait unique en son genre ou préfigurait d'autres dîners manqués.

Ou pire.

Et Michèle avait remarqué son trouble.

« J'ai croisé Dominique, aujourd'hui. Tu vois qui je veux dire ? » Comme sa femme ne lui répondait pas, Massé du Réaux poursuivit : « Mais si, Langevin, le brun, plutôt beau mec, qui a débarqué au Groupe l'année avant que je parte ? Tout le monde tirait la gueule parce qu'il sortait à peine de Cyr.

— Que fichait-il à Toulouse ?

— Moissac.

— Pardon ?

— Il était à Moissac, sur une scène de crime à nous.

— Tu étais à Moissac aujourd'hui ? Je croyais que vous aviez une grande réunion pour le procès du mois prochain. C'est encore cette histoire de querelle de voisinage ?

— Non, autre chose. Et c'est bien plus qu'une querelle de voisinage. Quoi qu'il en soit, le proc' m'a fait savoir qu'il se transportait là-bas pour un triple homicide, alors il a fallu que j'y aille. Au final, il n'est pas venu.

— Ils t'adorent, au Parquet.

— Au moins j'ai revu Dominique.

— Pour les trois meurtres ?

— Oui. Enfin non, pour Épervier. »

Michèle Massé du Réaux soupira. « Trop compliqué pour moi.

— Quelqu'un s'est échappé, un nuisible qui intéresse le Groupe.

— Et alors, le rapport avec vos meurtres ?

— Aucun.

— Mais ça te turlupine.

— Le Groupe ne fait pas de porte-à-porte comme ça, d'habitude. Et Dominique n'avait pas l'air très à l'aise.

— Pourquoi ? »

Haussement d'épaules. « Il était sans doute juste fatigué. »

Une bouchée, une gorgée de vin.

« Ça arrive. »

Une ou deux minutes de silence.

« Trois, hein ?

— Oui, tués et brûlés. » Un temps. « Pardon.

— Quand j'étais gamine, ce genre de choses n'avaient pas lieu par ici.

— On en parlait moins.

— Vraiment ? »

Massé du Réaux s'abstint de répondre et s'empressa de terminer son dîner pour aller embrasser Suzanne, déjà couchée. Il rejoignit ensuite sa femme dans le salon. Ils évoquèrent sa journée à elle, critiquèrent les programmes de télévision, finirent par mettre de la musique, pas trop fort. Il ne lui parla pas des sombres prédictions de Barrera.

Tod avait mis du temps à dégoter ce qu'il cherchait, et la nuit tombée ne l'avait pas aidé, mais ils s'étaient finalement arrêtés devant une villa en cours de construction. Très isolée.

Une fine couche de givre recouvrait le paysage désolé du chantier. À la lumière des phares de l'Audi, Tod et Néris fouillaient les bagages de Saskia Jones. Attachée nue au pilier de soutènement du futur garage, elle revenait à elle lentement. Elle tremblait. À ses pieds, ses fringues jetées en tas et, debout devant elle, Cannavaro qui l'observait, gourmand.

Tod le rejoignit.

Les yeux de Saskia Jones s'ouvrirent, papillonnèrent, se refermèrent. Elle gémit.

Cannavaro l'attrapa par le menton et lui releva violemment la tête. « Tu vas tout nous raconter *hey, fucking bitch* ? » Sa main glissa sur les seins de l'Anglaise et, tandis qu'il les soupesait l'un après l'autre, il interpella Tod en espagnol : « Laisse-moi m'amuser avec elle, je lui ferai cracher ce qu'elle sait. »

Tod le considéra d'un air neutre puis regarda la voiture, jeta un œil aux plaques d'immatriculation italiennes. « Elle est à toi, l'Audi ?

— Volée. » Le Napolitain tira sur les poils du sexe de la fille, hilare, sans faire attention à Tod. « Fausses plaques et les papiers qui vont avec.

— Hé, Cannavaro ! »

Simone Cannavaro fit demi-tour et n'eut pas le temps d'être surpris. À peine réalisa-t-il que le canon de son Beretta 92 était braqué sur son front.

Les projections de débris d'os et de cervelle, plus

que la détonation, firent hurler Saskia Jones. Cueilli par surprise, Jean-François Néris, toujours accroupi devant la valise Vuitton ouverte, tomba sur le cul.

Quand cessèrent l'écho du coup de feu, les bourdonnements d'oreilles et les cris de terreur, après une longue minute, Tod reprit la parole : « J'ai menti, pour Don Alvaro, et », il cracha sur le cadavre, « je t'aimais pas. » Sans quitter le mort des yeux, il commanda : « Néris, il y a un grand couteau dans mon sac de voyage, apporte-le-moi. »

Néris s'approcha bientôt avec le poignard de Tod et le lui tendit, maladroit. Il était livide.

Une lame anodisée noire se matérialisa devant le visage de Saskia Jones qui essayait de réprimer de violents haut-le-cœur.

« Ça, ça s'appelle un Ka-Bar », commença Tod en anglais, « c'est un instructeur américain qui m'en a fait cadeau, il y a quelques années. J'en avais déjà un autre à l'époque, mais il était abîmé et il tranchait moins bien. Le jour où il me l'a donné, moi et d'autres *paramilitares* on a fait une descente dans un village tenu par les *comunistas*, alors j'ai pu l'essayer tout de suite. » Habile, Tod joua avec l'arme un instant, la faisant tournoyer dans l'air entre ses doigts. « Je l'ai bien en main, *no* ? »

De grosses larmes coulaient sur les joues de l'Anglaise.

« On a découpé une cinquantaine de mecs là-bas. Peut-être soixante, je me souviens plus très bien. C'est vieux. Ça nous a pris presque une semaine, ça je m'en rappelle. Tous les soirs, on en emmenait quelques-uns à l'abattoir local. On les saignait, on les vidait et on les débitait et après, on les balançait dans la rivière, juste à côté. Certains vivaient encore. Pas beaucoup. » Un sourire illumina le visage du Colombien. « C'était pour l'exemple, vous comprenez, pour ramener la région dans le droit chemin, le nôtre. » Tod abaissa son couteau. « Il faut tout me dire, Señorita Jones, et ça ira vite, sinon… Sinon, je prendrai mon temps. » Il attendit que les sanglots se calment. « Qui vous a payée pour trahir Javier Greo-Perez ?

— *I don't know anything, please* », supplia Saskia, « je ne sais rien. Je vous jure.

— *Wrong answer.* »

La pointe du Ka-Bar entailla la peau du torse de la jeune femme, juste en dessous de la poitrine. Elle gueula de façon si inhumaine et stridente que Néris se boucha les oreilles. Avec une efficace brutalité, la lame de Tod fouilla sous le sein droit de Saskia Jones et souleva une langue de chair.

Jean-François Néris se plia en deux pour vomir.

H + 36

« Bouge pas.

— Quoi ? »

Messes basses.

« Fais-moi confiance.

— Qu'est-ce que tu fais ?

— Laisse-toi faire. Mange. »

Une tartine dans la bouche d'Omar Petit, aveugle, pieds et poings liés. Une main dans son dos, sous son pull. « Arrête, qu'est-ce qui…

— Chut. » Vraiment tout bas. « Couteau.

— Arrête, il va…

— Mange ! » La voix de Stéphanie, ferme. Autre bouchée puis, en sourdine : « Quand tu iras aux toilettes, tu coupes le Scotch.

— T'es folle.

— Écoute-moi.

— Non ! »

La tartine, encore. Goût café au lait beurre salé. Omar aimait ça d'habitude. Zoé aussi. Zoé. Stéphanie. Lui. Tous ensemble pour les petits déjeuners. Fini. Maintenant, c'était la peur. Pas pour lui, pour elles. Toujours pour elles. Sa femme, une folle. « Il va nous tuer. » Bouche pleine. « Il va te voir.

— Reste tranquille, il va entendre. » Plus fort : « Encore une. »

L'autre main fouillait toujours, empressée, maladroite. Le couteau glissa. Claquement léger sur le sol en béton. Omar toussa, recracha un peu de pain, bouscula le plateau. Masquer le bruit de la chute. De la salive chargée de mie dégoulina sur son menton. Stéphanie l'essuya avec du Sopalin.

« Dépêchez ! » Le motard, près des escaliers, à sept ou huit mètres d'eux.

La cave n'était pas bien éclairée. Omar le savait. Des mois qu'il voulait refaire l'électricité en bas. L'autre se rendait-il compte de leur manège ? Bruits de vaisselle. La tartine, dans le bol, dans sa bouche. Le couteau, sous son pull, lame d'abord. Dans sa chair. Serrer les mâchoires. « Tu vas nous faire tuer.

— Il nous tuera quoi qu'on fasse. On a vu sa gueule.

— T'en sais rien. » Entre ses dents : « Doucement !

— Je vais pas attendre qu'il crève ma fille.

— Doucement !

— Qu'est-ce que vous foutez ? » Le motard se déplaça, deux pas dans leur direction, avec sa jambe qui traînait.

Nouvelle quinte de toux, plus dure. Au creux de ses reins, l'humidité du sang.

Le sien.

Son sang.

« Tu te détaches et tu le tues. » La voix de sa femme, dans son oreille. Une étrangère. « Il sera surpris. Il est blessé. » Elle posa le bol contre les dents d'Omar, vida le reste de café, « sois un homme, sauve ta fille », et se leva.

La chair de sa chair. La sauver, là, aujourd'hui. Maintenant.

Quelques secondes plus tard. « Le bâillon, remettez-le-lui. »

Omar inhala l'odeur de salive sèche, avala une poussière âpre, eut du mal à respirer. Le vieux chiffon avait traîné par terre.

Le motard ramena Stéphanie dans la cuisine.

La porte se referma loin, tout en haut des escaliers. Toujours le noir et maintenant le silence.

Tod avait jugé plus prudent de changer de voiture.

Dans la nuit, Néris et lui étaient rentrés à Toulouse après s'être arrêtés au Mirail, au sud de la ville, où ils avaient abandonné l'Audi sur un parking d'immeuble. Il y avait peu de chances qu'elle y fût restée intacte longtemps. Trois quarts d'heure plus tard, un taxi les avait déposés devant un petit hôtel, près de la gare de Matabiau. Au matin, reposés et douchés, ils étaient allés voler une autre bagnole, un vieux break Volvo, pour repartir vers Moissac et le Bois des Moines, où avait eu lieu le rendez-vous fatal à Javier Greo-Perez.

Ils rejoignirent la clairière peu avant dix heures.

Tod s'arrêta et laissa Jean-François Néris, qui ne parlait plus beaucoup depuis quelques heures, dans la Volvo. Il avait tenté de partir, à la gare, pour rentrer chez lui. Le Colombien l'en avait dissuadé en lui récitant de tête l'adresse de son domicile, celles de deux de ses quatre sociétés de conditionnement et de transport, de l'école de ses enfants et une bonne partie des numéros de téléphone personnels de sa famille. Mais ce qui avait véritablement achevé de convaincre Néris était une photo récente de ses deux gamins, enregistrée sur le Palm de Tod.

Le site était calme, isolé par les arbres qui le rendaient invisible depuis la route en contrebas. Tod fit un premier tour rapide pour localiser les emplacements des voitures, deux nuits plus tôt. Cannavaro et Néris lui ayant expliqué l'état des lieux à leur arrivée, il n'eut pas de mal à repérer les marques de pneus et les taches de sang noirci au milieu des débris végétaux, et enfin l'emplacement du tireur. Il tourna autour, examina le sol, s'accroupit, examina encore, gratta et mit au jour un premier étui de 9 mm, puis un deuxième, tout proche. Un second groupe de deux étuis se trouvait non loin de là, sous des feuilles mortes qui pourrissaient, à la même distance de la position de tir.

La position de tir.

Le tireur.

Seul et unique.

Top top. Top top. Deux séquences, décalées d'un angle très léger. Tod s'imagina à la place de l'assassin, visa dans le vide sur des cibles automobiles imaginaires. Il n'aurait pas fait mieux.

Tod ramassa les étuis avec unc brindille et les glissa dans la poche de poitrine de son blouson de cuir. Il se releva, commença à tourner en cercles concentriques de plus en plus larges autour du point d'ouverture du feu, jusqu'à ce qu'il marche sur le Ka-Bar de *Feíto*. « Néris ! » Il se pencha sur le couteau.

Dans son dos, une portière claqua.

Par terre, Tod remarqua les menus indices du parcours de deux hommes qui avaient marché jusque-là côte à côte. Ils arrivaient de l'intérieur du bois.

Jean-François Néris approchait mais Tod ne l'attendit pas et remonta la piste jusqu'à son origine.

Éraflures sur un tronc à hauteur du bassin, résidus métalliques, traces d'un démarrage brusque, feuilles et branches mortes écrasées suivant une ligne unique, presque continue, qui repartait vers le chemin. Le Colombien aurait parié que le tueur attendait là. Et qu'il était à moto.

Néris se tenait debout au-dessus du Ka-Bar, il donnait l'impression de le regarder sans vraiment le voir.

« *Pick it up.* » Pas de réaction, Tod insista. « Ramasse-le ! »

Néris tendit une main tremblante vers le sol et attrapa le couteau avec deux doigts et un air de profond dégoût.

« C'est le même que le mien. Il était à un soldat qui l'a gagné avec moi. Pas question de le laisser ici, ça se fait pas. Prends-le, il est à toi.

— J'en veux pas. »

Tod vint se coller sous le nez de Néris qui le dépassait d'une bonne tête. Il le fixa. « Sais-tu pourquoi j'ai tué Cannavaro ct pas toi ? »

Le corps de Néris se tendit vers l'arrière, prêt à fuir.

« Vous n'auriez pas dû brûler le fils de Don Alvaro.

— C'est Simone, je ne voulais pas… »

Tod leva une main pour le faire taire. « Vous avez eu peur, je comprends ça. Et je sais que Cannavaro avait plus l'habitude que toi de ces choses, mais tu as participé, tu aurais dû réfléchir. » Il fit un pas en avant. « Avec nous, il faut bien réfléchir. »

Néris recula.

Un sourire vint détendre le visage de Tod. « Mais je sais aussi que Don Alvaro souhaite se rapprocher de ta famille. Il la respecte et il l'estime. Il veut travailler ici avec vous. » Il prit le Ka-Bar à Néris et nettoya la lame sur laquelle s'était collée un peu de terre. « Toi, tu peux ouvrir les portes de la France. Tu as de la chance, sois content, tu vis. Cannavaro a mal agi avec Javier. C'était qu'un intermédiaire. Il y en a beaucoup d'autres comme lui, alors », Tod se passa un pouce en travers de la gorge, « respect pour nos morts. Ils comprendront, à Naples. » Il tendit le poignard à Néris en le tenant par la lame. « Respect pour *nos* morts. »

Après quelques secondes d'incertitude, Néris prit le manche de l'arme.

« Bon. » Le Colombien se dirigea de la ligne d'arbres située à l'opposé du chemin par lequel ils étaient arrivés en voiture. « Viens. »

Ils atteignirent bientôt une parcelle de vignes en hibernation. Parfaitement alignées, elles était soutenues par des grillages larges et lâches, eux-mêmes fixés à des poteaux de bois d'à peu près deux mètres de haut, plantés en X. Très vite, les deux hommes remarquèrent des anomalies, certains poteaux avaient été arrachés et couchés sur le sol et les câbles métalliques des grillages étaient sectionnés en de nombreux endroits.

« Quelqu'un n'aime pas les paysans », lâcha Tod pour lui-même en espagnol. Il laissa son regard dériver sur l'horizon de coteaux cultivés, suivit la route, qui passait en contrebas de leur position, jusqu'à ce qu'elle remonte entre les champs, disparaisse à nouveau dans un thalweg, reparaisse près des ruines d'une grange et se perde enfin derrière une ligne de crête.

Au-delà, Tod ne pouvait que deviner son parcours.

À l'ouest, une seule voie d'accès. Pas de… maison. Si, ses yeux se posèrent sur le toit d'une ferme solitaire. Il se confondait presque avec le paysage gris-vert comme le jour. Une maison. Habitée ? N'empêche, pas grand monde. À l'est, même topo, avec deux ou trois exploitations, assez lointaines. « C'est toi qui as choisi ici, alors ?

Néris acquiesça.

« C'est bien désert. Trop.

— C'est l'avocat de Madrid qui…

— Je sais, Cannavaro l'a déjà dit, mais c'est Javier, en fait.

— Quoi, Javier ?

— C'est lui qui a décidé. *Una error*. Moi, je serais allé ailleurs. Et pas la nuit. Il ne réfléchissait pas beaucoup et il n'écoutait personne, Javier. Trop de *cocaína*.

— L'enfer de la drogue », ironisa Jean-François Néris, tout bas, en français.

« Qu'est-ce que tu dis ?

— Rien. »

Tod indiqua la route, à l'est. « Vous êtes arrivés comme nous ?

— Oui.

— Repartis du même côté ?

— Oui.

— Et vous n'avez vu personne ?

— Non. »

Tod déplia une carte IGN de la région achetée ce matin à Moissac. « Pour venir ici, une seule route, au moins trois kilomètres. Combien de retard ?

— Je ne comprends pas.

— Hier, vous avez dit que vous étiez en retard.

— Un quart d'heure, une demi-heure maximum. »

Tod acquiesça, réfléchit. « Et les corps, ils étaient comment quand vous les avez bougés ? Chauds ? »

Ce fut au tour de Néris de se creuser la tête. « Je crois, oui.

— Et il faisait très froid, ce soir-là, comme aujourd'hui ?

— Oui.

— Vous n'avez pas croisé quelqu'un, sûr ? Pas de moto, rien ?

— Non. Ils sont venus en moto ?

— Peut-être. Et je pense qu'il est reparti de l'autre côté, vers l'ouest.

— *Il est* ? Un seul mec a fait ça ? »

Tod haussa les épaules, « Feíto n'était pas bien armé, les autres pas du tout », sans perdre de vue le toit de la ferme solitaire. « Trop d'erreurs. »

« Ho, Baptiste ! T'es là ? » Adrien Viguie regarda la porte d'entrée, la façade de la maison et tous ses volets clos. La ferme de Baptiste Latapie semblait désertée. Adrien n'était plus venu depuis longtemps et il découvrait les lieux dans un sale état. La mort avait emporté l'Ancien et beaucoup d'autres choses avec lui.

Derrière lui, Paul Cathala fit passer son poids d'un pied sur l'autre. Il toussa. « Il est pas là, je te dis. Il doit être chez sa sœur.

— Tu sais bien que non.

— Viens, on s'en va. J'ai du boulot sur mes palissages. Et toi aussi. Ton service de midi, il va pas se faire tout seul. »

Viguie regarda la vieille bagnole de Baptiste, devant la grange fermée. Il ne voyait pas la mobylette mais elle pouvait être garée dedans. Il essaya de se représenter l'intérieur du bâtiment. « Tu te souviens quand on était gamins et qu'on venait jouer par ici ? Ça avait une autre gueule.

— Je me rappelle surtout que l'Ancien me foutait la trouille.

— Baptiste est pas bien depuis que le vieux est parti.

— Vrai.

— C'est dur pour lui, le travail.

— C'est dur pour tout le monde. Tu as bien fait de vendre va, t'es mieux dans ton bar. » Paul Cathala alluma une cigarette.

Adrien Viguic frappa à nouveau. Avec son poing cette fois. « Baptiste, ouvre si t'es là ! »

Je veux voir personne ! Enfin, la voix de leur ami, étouffée.

« Qu'est-ce tu fous, *bon Dieu* ? »

Partez !

Cathala s'approcha. « On part pas tant que t'as pas ouvert. »

Je veux personne, laissez-moi !

Les deux visiteurs tambourinèrent de concert sur la porte. Ils rigolaient. Le claquement du verrou intervint peu après qu'ils se furent arrêtés. D'abord, ils virent le double canon rouillé d'une vieille pétoire de chasse puis Latapie, crosse calée contre sa hanche.

« Et alors, Baptiste, c'est comme ça que t'accueilles les copains ? » Cathala éloigna l'arme de lui d'une main prudente. « Je sais pas avec quoi tu charges ce vieux machin, mais tu devrais faire gaffe qu'il te pète pas à la tronche. »

Adrien Viguie se retrouva dans l'axe de tir et fit un pas sur le côté. « Je t'avais pas dit que j'irais plus à la chasse avec toi tant que t'aurais pas acheté autre chose ?

— Vous êtes seuls ?

— Pourquoi, t'as d'autres potes ? » Paul Cathala força le passage. Odeur de renfermé. « Qu'est-ce qui te prend de disparaître comme ça ?

— Vous avez vu personne ?

— Mais non ! » Viguie entra à son tour. « Paie ton coup, qu'on soit pas venus pour rien. »

Latapie verrouilla la porte et rejoignit ses deux amis qui s'étaient dirigés sans attendre vers la cuisine. « Pourquoi vous êtes là ? »

Paul Cathala dégagea une chaise et y posa son cul. « Pour vérifier que tu vas bien.

— Deux jours qu'on te voit plus », renchérit Viguie, « tu réponds plus au téléphone.

— Ta sœur a dit que t'étais pas allé machiner, hier.

— Elle parle trop, ma sœur.

— On s'inquiète. Surtout après ton exploit de l'autre nuit.

— T'as pas eu de problème chez l'autre enculé de nègre, au moins ? »

Baptiste Latapie ne put masquer son inquiétude. « Pourquoi, quelqu'un a parlé ?

— Parlé de quoi ?

— De rien.

— Comment ça, de rien ?

— S'il te fait du souci, le macaque, on y va tous, hein ? »

Adrien Viguie échangea un regard avec Cathala. « Dis, Baptiste, qu'est-ce qu'il y a ? Il est arrivé quelque chose, chez Petit ? Il t'a vu ?

— Non.

— Alors quoi ?

— Rien. C'est juste que j'ai vu un motard. Dans les vignes. »

Cathala tourna son poing fermé devant son nez. Ivre.

« Si, c'est vrai, il y avait un motard, je l'ai vu !

— Et il faisait quoi, ton motard, y labourait les vignes ?

— Si tu penses que je mens, t'as qu'à dégager !

— On sait que t'étais rond, nous la raconte pas ! »

Viguie fit signe à Cathala de la fermer. Il se tourna vers Latapie. « C'était qui ce motard, Baptiste ?

— Vous me croyez pas, hein ?

— Si. C'était qui ?

— Personne.

— Mais si, allez.

— Personne, je te dis ! »

Paul Cathala reprit la parole. « Et pourquoi t'as le fusil, alors ? »

Hésitation. « À cause des rats. J'ai des rats.

— Des rats », ricana Cathala, « et y savent ouvrir les portes, tes rats ? Y t'observent à travers les fenêtres, peut-être, c'est pour ça que t'as tout barricadé ?

— Il serait pas grand, noir avec un prénom débile, ton rat, par hasard ? »

Baptiste Latapie se renfrogna. « Bon, j'ai pas que ça à faire.

— Tu paies même pas le coup ?

— Une autre fois. Là, vous pouvez pas rester. »

Néris, debout devant le portail fermé des Petit, secoua la tête en direction de Tod, resté au volant du break. Aucune sonnette, alors ils avaient klaxonné. Pas âme qui vive pour les accueillir mais son compagnon semblait peu pressé de partir. Une mince colonne de fumée blanche s'échappait de la cheminée et, de l'intérieur de la maison, leur parvenaient les aboiements d'un chien. La ferme était habitée. Ses propriétaires devaient s'être absentés un moment.

Tod descendit de voiture. Après avoir vérifié que

personne ne les observait, il passa une main à travers la grille pour essayer de la débloquer. Pas verrouillée. Il entra dans la cour. « *Come.* »

Néris suivit, hésitant.

Ils avaient presque atteint la maison lorsque la porte d'entrée s'ouvrit sur le chien. Xaj se précipita dehors et s'arrêta à un mètre de Tod, sans cesser d'aboyer. Une voix le rappela à l'ordre, celle d'une jeune femme au visage crayeux, bras serrés sur la poitrine, qui se tenait sur le seuil.

De la tête, Tod fit signe à Néris de lui parler.

« Bonjour.

— Ça vous arrive souvent de rentrer chez les gens comme ça ?

— Personne ne répondait.

— J'étais occupée. Vous voulez quoi ? »

Néris interrogea Tod du regard avant d'échanger avec lui quelques mots en anglais. Il revint à la femme. « Un de nos amis a eu un accident dans le coin il y a deux nuits, par là-bas. » Il montra la direction générale du Bois des Moines. « Il y a eu un délit de fuite et pas de témoin. Et les gendarmes, enfin, vous savez ce que c'est… »

Stéphanie Petit ne répondit pas.

« On se demandait si vous aviez remarqué quelque chose d'inhabituel, cette nuit-là.

— La nuit, on dort.

— Il n'était pas très tard, entre minuit et une heure.

— Nous, on est déjà couchés à cette heure-là. On se lève tôt par ici. »

La fille était tendue, agressive. Tod interpella à nouveau Néris en anglais.

« Et vous n'auriez pas entendu ou vu passer une moto, non plus, par hasard ? »

Sans y prendre garde, Stéphanie jeta un coup d'œil rapide en direction de l'étable lorsque la question fut énoncée en français.

Par chance, Néris ne s'en aperçut pas et Tod fixait le chien.

« Je vous l'ai dit, nous, le soir, on passe pas notre temps à la fenêtre.

— Quand même, une moto, par ici, en plein hiver, le soir, ça doit faire du raffut.

— On n'a rien vu. » Stéphanie nota que Xaj s'était mis à grogner méchamment. Elle le sentait prêt à sauter à la gorge de ces mecs, un comportement qu'il n'avait que pour protéger Zoé habituellement.

Calme, Tod continuait à faire face au berger allemand. Si ce *perro* osait le toucher, il le tuerait. Et puis il tuerait cette femme aussi. Il examina la cour. Cette ferme était minable, presque aussi minable que la plupart des fermes de Colombie. Puis un truc lui sauta aux yeux. Sur la porte d'une grange, il aperçut un message, grossièrement taillé dans le bois. *Mort au negre*. Il ne le comprit évidemment pas mais se demanda si *negre* et *negro* voulaient dire la même chose.

Le chien réduisit la distance.

« Il y a un problème ? » Un homme vêtu d'une doudoune sale et trop grande pour lui apparut à son tour à la porte de la maison. D'un bras, il enserra les épaules de la femme et l'attira à lui. Elle renâcla puis se laissa faire lorsqu'il lui embrassa les cheveux.

« Aucun problème », lança Néris, avant de s'en assurer auprès de Tod.

Le Colombien, concentré sur le nouveau venu, finit par hocher la tête. Les paysans, partout les mêmes, ils n'aimaient pas les étrangers. Chez lui, il leur aurait donné une leçon, pour les remettre à leur place, mais ici, il avait des choses plus urgentes à régler. Il fit demi-tour.

« Désolé de vous avoir dérangés. »

Les deux hommes regagnèrent leur voiture et s'en allèrent.

Dès qu'ils eurent disparu, Stéphanie se dégagea violemment de l'étreinte du motard. « Jamais plus vous faites ça, compris ? »

Il ne fit pas attention à ses remontrances et la tira par le bras pour l'emmener avec lui au portail.

« Qui étaient ces types ? »

Le motard sortit sur la route. Les deux visiteurs étaient partis.

La villa promettait d'être magnifique une fois achevée. Moderne, avec des pièces satellisées ouvertes par de larges baies vitrées et disposées en escaliers sur un terrain légèrement pentu. Elle se situait à l'écart de la route, au bout d'un chemin forestier sinueux. Un emplacement idéal pour qui privilégiait sa tranquillité.

L'adjudant Crébain se demanda si ses futurs propriétaires viendraient y vivre un jour.

« Jamais vu ça, et vous ? » Un lieutenant de la brigade de recherche du Lot se trouvait à ses côtés.

Crébain secoua la tête. Il se dit que décidément, *Barbecue 82* allait devoir se trouver un autre nom, plus officiel, et fissa, parce que la liste des victimes s'allongeait d'heure en heure. Bientôt, ils finiraient même par dépasser le décompte officiel d'*Homicide 31*, un exploit dont il se serait volontiers passé.

En milieu de matinée, alors qu'avec deux autres gendarmes de sa cellule il s'apprêtait à assister aux autopsies des morts de La Mouline, il avait été appelé à Mercuès, près de Cahors, pour le meurtre de l'employée d'un hôtel-relais de luxe. Les premiers enquêteurs arrivés sur place avaient fait diligence et rapidement communiqué les éléments à leur disposition au Service technique de recherches judiciaires et de documentation, la mémoire informatique centrale de la Gendarmerie nationale, à Rosny-sous-Bois. Parmi ceux-ci figurait un nom relevé sur l'étiquette d'une valise découverte sur place : Adrián Ruano. Les ordinateurs avaient fait tilt et la section de recherche de Toulouse s'était retrouvée impliquée dans l'histoire.

Plus tard, alors que Crébain venait à peine d'arriver au château, un autre message au fichier central, émanant du cyrard blême présentement debout à sa gauche, signalait deux nouveaux homicides, un homme et une femme, cette dernière identifiée comme Mlle Saskia Jones, citoyenne britannique. Son nom, figurant sur les papiers d'identité retrouvés avec elle sur le chantier, avait été utilisé pour réserver trois suites à Mercuès. C'est dans l'une de ces suites que la gouvernante était morte, la nuque brisée.

Saskia Jones, ou plutôt ce qu'il en restait, se trouvait à présent aux pieds de Crébain, dans une cagette en plastique servant habituellement à ranger et transporter les outils.

Si quelqu'un lui avait demandé de décrire l'état du cadavre, l'adjudant aurait répondu *en pièces détachées* ou *empilée*, faute de mieux.

La tête de Mlle Jones trônait au sommet d'une pile de chair, posée sur son tronc couché à l'horizontale, ventre en l'air. Ses seins avaient été découpés, avec ses biceps, ses quadriceps et d'autres parties charnues de son anatomie, puis jetés ensemble dans un seau maculé de coulures d'enduit, disposé juste à côté. Bras et jambes étaient sectionnés à hauteur respectivement des coudes et des genoux, et les moignons dépassaient des rebords de la caisse. Extrémités des membres, pieds et mains, eux aussi tranchés, constituaient les couches inférieures de ce mille-feuille macabre.

Crébain, livide, retira son képi et se gratta la tête. Son regard se promena sur le chaos de la scène de crime, sang, projections, fèces, liquides divers — arrive toujours un moment où le corps d'un supplicié finit par se relâcher —, et croisa celui de Miguel Barrera. Soulagé, il accepta une invitation silencieuse à se rapprocher de lui et du second cadavre.

Le lieutenant suivit.

« Une idée de son identité ?

— Nous avons relevé ses empreintes. S'il est fiché, nous le saurons bientôt. » Barrera adressa un sourire condescendant au jeune officier avant de répondre à Crébain. « Simone Cannavaro, c'est son nom. Il est avec un groupe criminel qui tient une large part des quartiers au nord de Naples, les Neri, et…

— Il est loin de chez lui. »

Crébain ne put s'empêcher de lever les yeux au ciel.

« C'est vrai. C'est un proche de Ruano.

— Ruano ?

— Proche comment ? » interrompit l'adjudant.

« Ruano était avec *los productores*, les Greo-Perez. Cannavaro, avec *los importadores*. C'est ça qu'ils font les Neri. Officiellement, la construction, les déchets, le poisson en gros mais aussi le racket, et surtout, ils amènent beaucoup de *cocaína* en Europe. Cannavaro et Ruano », Barrera serra ses mains l'une avec l'autre, pour mimer l'entente, la complicité, « ils se parlaient, ils négociaient. Le *business*.

— Et vous savez ça depuis quand ?

— Je travaille sur les cartels qui s'installent en *España*. L'Amérique, c'est plus difficile pour eux maintenant. Ici, non. »

Crébain se mit à réfléchir tout haut. « Mêmes meurtriers que pour les trois autres ?

— Possible. » Barrera ne paraissait pas convaincu.

L'adjudant le vit jeter un œil à l'autre cadavre. « Quelque chose vous préoccupe ?

— Ces deux morts au même endroit, ils ont été tués ensemble, nous pouvons le penser, *no* ?

— Oui.

— Par les mêmes personnes, *no* ?

— Deux assassins », ne put s'empêcher de glisser le lieutenant, « si l'on en croit les premières observations. Enfin, surtout un. L'autre a plutôt dégueulé dehors.

— Pas *lógico*.

— Pourquoi pas logique ?

— Plusieurs choses. La fille, elle, est morte lentement.

— Celui qui lui a fait ça est un malade.

— Non, c'est comme ça qu'il fait parler les gens, Alvaro Greo-Perez.

— Un cas similaire à Madrid ? » interrogea Crébain.

« Une fois. Un de *nos topos*, un infiltré. » Les mots eurent du mal à sortir. Le souvenir était vraisemblablement douloureux pour Barrera. « Un homme que je connaissais bien. » Il enchaîna vite et poussa légèrement Cannavaro du pied, « lui, il est important mais on le tue vite.

— Exécuté proprement. Au 9 Para », le lieutenant se tourna vers le fond du garage », on a retrouvé la balle dans le mur.

— Ils interrogent la fille et pas… » L'adjudant Crébain montra le Napolitain mort.

« Cannavaro », l'aida Barrera.

« Cannavaro. Lui pourtant, il sait des choses. Et il est copain avec Ruano. Dites, si les tueurs ont utilisé les méthodes de Greo-Perez, c'est qu'ils…

— Sont avec Greo-Perez, *sí* », confirma Barrera.

« Pourquoi Greo-Perez tue des gens avec qui il est en affaires ?

— Pas logique. »

L'adjudant secoua la tête. « Non.

— Sauf si la fille a dénoncé Cannavaro. »
Crébain et Barrera regardèrent le lieutenant.

Le lieutenant-colonel Massé du Réaux quitta le tribunal agacé. Une heure d'entrevue avec le procureur, le substitut Martignac, maître Rigny et son client, cet Araneda de Colombie, et pas moyen d'obtenir le moindre élément pertinent pour l'enquête de la SR.

Oui, les victimes étaient de simples touristes. Non, Araneda ne leur connaissait pas d'ennemi. Pourquoi auraient-ils eu des ennemis ? Et d'ailleurs, Araneda n'était que le représentant légal du père de l'une d'entre elles, quelle information pourrait-il détenir à ce sujet ? Non, Araneda ne savait pas grand-chose de l'autre homme qui était venu à l'hôpital. Ils avaient voyagé ensemble et, par sympathie sans doute, à cause de l'épreuve pénible qui l'attendait, ce compagnon d'un jour avait proposé de rester avec lui. Depuis, il était parti vaquer à ses occupations. Non, Araneda n'avait aucune idée de l'objet de son séjour en France, ni de la nature de ses relations avec Alvaro Greo-Perez. Même s'il était évident que ce dernier devait l'apprécier puisqu'il lui avait permis de profiter de son avion personnel. Comment cet homme aurait-il pu être impliqué dans des meurtres survenus avant son arrivée ?

Des questions sans droit de suite, qui s'étaient satisfaites de réponses convenues, préparées à l'avance. Des réponses d'avocat.

Maître Araneda était un conseil respectable qui n'appréciait guère d'être interrogé comme un vulgaire criminel. Il avait fait preuve de suffisamment de bonne volonté au cours de cette rencontre. Que la police fasse son travail, lui devait accomplir son devoir envers un père durement frappé par la perte de son unique enfant.

Des demandes molles, de magistrats qui, pour essayer de couvrir leurs arrières avec deux coups d'avance, montraient leur bonne volonté aux potentats locaux, du moins ceux ci-devant représentés par Édouard Rigny. Peut-être espéraient-ils obtenir quelque sollicitude en retour, pour le cas où les choses tourneraient mal, le mois prochain, lorsqu'un certain procès commencerait. Un accident était vite arrivé et, pour quelques-uns, se retrouver de l'autre côté de la barrière, sur le banc des accusés, ne semblait déjà plus une hypothèse farfelue.

La magnanimité servile des magistrats du Parquet ne leur coûtait au final pas grand-chose. Trois étrangers morts dans une voiture, tués pour ce qu'ils étaient, des criminels, par d'autres criminels, n'intéresseraient personne. Pas dans le contexte actuel. On expédierait les autopsies et on renverrait les corps chez eux vite fait bien fait, avec cet avocat sud-américain, seule personne capable d'apporter quelque éclairage sur ce probable règlement de comptes. Tout en suivant la procédure à la lettre, sans délai ni tracasseries inutiles.

Et les derniers éléments transmis par l'adjudant Crébain au cours de la journée n'y changeraient rien. Qui irait chercher des poux dans la tête de qui, et au nom de quoi ? Lui, le petit lieutenant-colonel Massé du Réaux, coincé entre une hiérarchie très

— trop ? — soucieuse de l'image de l'institution et un appareil judiciaire sclérosé par ses réflexes corporatistes, qui formait le cercle dès que l'un des siens était menacé ?

Massé du Réaux marcha jusqu'au parking, où son chauffeur l'attendait, mais ne monta pas en voiture et annonça qu'il préférait rentrer à pied. Il emprunta l'allée Jules-Guesde, dépassa à nouveau le tribunal de grande instance et rejoignit le jardin du Grand-Rond.

Le parc était fermé au public pour la nuit, hiver oblige, et l'officier resta un moment immobile devant les grilles à contempler les allées désertes.

« Dure journée, général ? »

Massé du Réaux chercha son interlocuteur des yeux et finit par le découvrir à quelques mètres de lui assis sur un carton, dans l'obscurité. Il s'approcha.

Le clochard était protégé par de nombreuses couches de vêtements disparates. Il portait plusieurs écharpes autour du cou, l'une d'entre elles lui couvrant les oreilles et le sommet du crâne. Autour de lui, quelques sacs en plastique, deux bouteilles de vin, une vide, une pleine, un quignon de pain et des conserves entamées.

« Dure journée.

— Tu respires pas vraiment le bonheur. »

Massé du Réaux s'autorisa un sourire.

« J'sais ce que c'est. » Le SDF continua à parler mais ses mots furent couverts par une soudaine poussée de circulation.

« Vous disiez ?

— C'est tes gars qui te font des misères, général ?

— Plutôt ceux du dessus.

— Tu bosses trop bien, c'est pour ça.

— D'où est-ce que vous sortez une idée pareille ?

— Quand les chefs s'en prennent aux sous-fifres, neuf fois sur dix, c'est parce que les sous-fifres, y sont trop bons. Et ça les angoisse, les chefs, les sous-fifres trop bons. » Le clochard déchira un bout de pain caoutchouteux avec ses dents pourries et le fit descendre d'une gorgée de vin. « Je l'sais, j'me suis fait virer à cause de ça.

— Désolé. » Un temps. « Pour moi, c'est un peu plus compliqué.

— Si tu le dis. » Le clochard fouilla dans l'un de ses sacs. « T'as faim ?

— Non merci. »

Autour du square, un flot de voitures ininterrompu, l'heure de pointe.

« Ça en fait du monde, hein, tous ces gens qui rentrent chez eux ? J'avais un copain, il appelait ça la grande caravane. » Un peu de pain. « Avant, moi aussi je rentrais chez moi en bagnole comme tous ces cons. » Le clodo poursuivit son monologue sans prêter attention à Massé du Réaux. Il râlait contre tous ces sans couilles, sans fierté, sans parole, qui l'avaient trompé, abusé, en profitant de lui, avant de le foutre dehors comme une merde, quand il l'avait ouverte, sa gueule, pour défendre des vrais trucs.

« Où est-ce que vous travailliez ?

— Dans un syndicat.

— Lequel ?

— C'est pas tes oignons, général. On est pas du même monde et y a encore des mecs bien, là-bas.

— Et moi, je ne fais pas partie des *mecs* bien », commença Massé du Réaux, faussement vexé.

« J'en sais rien, j'te connais pas. Pis c'est pas le problème lequel de syndicat, c'est moi et ma grande bouche, le problème.

— Vraiment ?

— Ouais.

— J'sais ce que c'est. »

Les deux hommes échangèrent un coup d'œil complice.

« Dur dur de se regarder à l'intérieur, hein général ?

— Plutôt, oui. » Massé du Réaux s'accroupit à côté du clochard, le dos appuyé contre les grilles du jardin.

« T'y crois plus, hein ?

— Peut-être.

— T'as l'air un peu perdu, en vrai. La gueule, un soldat qui se perd. Putain, on est pas rendus.

— Gendarme.

— Quoi ?

— Je suis gendarme, pas soldat. Mais vous avez raison, nous ne sommes pas censés nous perdre non plus.

— J'comprends toujours rien à comment j'suis arrivé là.

— Pas grave, moi non plus.

— Comme j'disais, on est pas rendus. »

Massé du Réaux se remit debout, « je vais y aller », mal à l'aise de devoir couper court, « à bientôt, peut-être ».

Il n'avait fait que quelques pas lorsque le clochard l'interpella une dernière fois. « Hé, général », il montrait *la grande caravane*, « si toi t'y crois plus, qui c'est qui va s'en occuper, de ceux-là ? »

Le motard grimaça lorsqu'il enfonça l'aiguille dans sa cuisse.

Stéphanie Petit s'était arrêtée de ranger et le regardait se piquer.

« Vous occupez pas de moi », lui lança le motard sans relever le nez.

Elle se tenait debout devant l'évier, lui assis à table. Cinq mètres entre eux et toujours ce pistolet, à portée de main. « Vous devriez me laisser faire, pour votre pansement.

— Je vais partir demain.

— Si… » Stéphanie se contrôla à temps. Elle avait failli dire *vite*, comme une gamine perturbée par un imprévu. Il partait demain. Et Omar n'avait rien fait. Son mari ne bougeait pas. Même pour Zoé. Comprendre. Elle devait comprendre pourquoi ce type s'en allait subitement. Pour gagner du temps. Pour convaincre Omar. Sinon, ils mourraient tous les trois. Zoé mourrait. C'était un assassin en fuite et ils avaient vu son visage, comment pourrait-il ne pas les tuer ? « Vous êtes inquiet, c'est ça ?

— Finissez ce que vous avez à faire.

— C'est à cause des deux types de tout à l'heure ? »

Le motard posa la seringue avec laquelle il venait

de s'injecter l'Oxytétracycline et désinfecta sa jambe. « Grouillez-vous.

— Il s'est passé quoi, avec eux ? C'est qui ?

— Personne. Je vais vous ramener en bas, je finirai après. » Le motard se leva pour se rhabiller.

« J'irai nulle part tant que vous m'aurez pas expliqué. Vous débarquez chez nous pour mettre le bordel et vous dégagez comme ça », Stéphanie claqua des doigts, « dès que tout part en vrille ? On en a rien à foutre de vos emmerdes, nous, on vous a rien demandé !

— Mes emmerdes vous ont rattrapés, je n'y peux rien et vous non plus.

— Trop facile ! Fallait pas venir ici.

— Ça aussi, c'est un peu facile », lâcha le motard à voix basse. Il prit son Glock et s'approcha. « Ne rien voir, ne rien entendre, ne rien savoir de ce qui se passe autour de soi, c'est plus confortable mais parfois cela ne marche pas et la réalité vous saute à la gueule. »

Stéphanie recula, essaya de garder la table entre eux. « Vous savez rien de ce qu'on vit, nous autres, depuis deux ans, alors fermez-la !

— J'ai lu vos dossiers. »

La jeune femme stoppa net, à la fois surprise et en colère que cet intrus se soit permis de fouiller dans leur vie privée. « Et vous trouvez qu'on en bave pas déjà assez ?

— C'est important pour vous, cette ferme, cette vie, n'est-ce pas ?

— Bien sûr, c'est pour elle qu'on se bat ! C'est tout

ce qu'on a. Mais comment vous pouvez comprendre, vous ? »

Le motard rejoignit Stéphanie Petit, s'arrêta à moins d'un pas. « Il y a tout un monde, là-dehors, et vous n'avez pas idée de ce qui s'y passe.

— Quoi ? Il s'y passe quoi, dans votre monde ? Il y a des mecs comme vous qui débarquent chez les gens pour leur faire peur ? Qui s'en prennent à leurs gosses et menacent de les tuer ? Il est ici, votre monde, dans ma maison !

— Les choses n'auraient pas dû en arriver là.

— Ces hommes, c'était qui ? La police ? » À peine avait-elle formulé sa question que Stéphanie se reprit. « Non, pas la police, vous ne seriez pas sorti s'ils avaient été flics. Alors, qui ?

— Je ne sais pas », le motard s'appuya sur le plan de travail de la cuisine, « mais c'est bien moi qu'ils cherchent. » Il avait trop tiré sur sa jambe en forçant l'allure pour rattraper sa captive, sa blessure le faisait souffrir. « Mieux vaut pour vous qu'ils ne me trouvent pas ici. » Il braqua son pistolet sur Stéphanie Petit. « On descend. »

La jeune femme hésita, pas sûre d'avoir bien saisi ce qu'impliquait ce *pour vous*, pas sûre de pouvoir déjà se laisser aller à espérer.

« On descend. »

Omar les entendit dans l'escalier. Personne ne parlait. Il comprit que sa femme s'asseyait en face de lui et perçut les tintements métalliques des tuyaux, lorsque ses poignets furent attachés au-dessus de sa tête, le gaffeur, que le motard dévidait pour le coller autour de ses chevilles. Le souffle plus court de Stéphanie quand le bâillon pénétra dans sa bouche. Ses larmes. Elle renifla. Sa femme pleurait, tout bas, elle souffrait. La peur, la douleur peut-être, Zoé. Et s'il leur avait fait du mal ? Zoé. Deux jours qu'il ne savait pas comment elle allait, si elle était terrorisée, qu'il ne pouvait pas la prendre dans ses bras pour la rassurer. Évidemment qu'elle était terrorisée. Lui, il était terrorisé. Il n'osait rien faire, tellement il était terrorisé. *Sauve ta fille*. C'était ça que Stéphanie lui avait demandé. Elle l'avait supplié. *Sauve ta fille*. Il n'avait rien fait. Terrorisé. Paralysé. Depuis deux jours. Depuis des heures. Plus encore avec ce couteau qui lui entaillait le dos.

Sois un homme.

Le motard entendit le mari marmonner dans son dos alors qu'il vérifiait une dernière fois les liens de Stéphanie Petit. Il se retourna pour le regarder. L'homme voulait quelque chose. Il retira le chiffon. Pisser. Le motard souffla, excédé. La femme s'agita. Le mari insista, vite. Le motard céda. La femme s'agita plus encore. Il détacha l'homme sous la menace de son arme et le poussa devant lui.

Stéphanie hurla de toutes ses forces dans le chiffon.

Les pas s'éloignèrent sans ralentir.

Elle pensa à Zoé.

Sauve ta fille.

Elle pensa au *pour vous*, que le motard les laisserait peut-être en vie.

Ils montaient les marches.
Elle pensa au couteau.
Sois un homme.
La porte de la cuisine se referma.

H + 48

Dès que son maître arriva dans la cuisine, Xaj se colla à la porte vitrée, dehors, et aboya. Sans perdre de temps, le motard envoya Omar vers le couloir de l'entrée principale, où se trouvaient les toilettes du rez-de-chaussée.

Le paysan s'y enferma.

Le couteau était glissé sous son jean, dans son dos. Il lui était impossible de l'atteindre parce que ses poignets étaient encore soudés l'un à l'autre devant lui par du gaffeur. Il défit sa ceinture et se déboutonna maladroitement tout en gardant son pantalon serré, pour éviter que l'arme ne tombe. L'espace était étroit, lui, grand et massif. Il se contorsionna pour essayer de ramener le couteau vers l'avant afin de l'attraper mais perdit l'équilibre et, pour se retenir, dut tout lâcher. La lame lui échappa, heurta la porcelaine, rebondit et toucha le mur avant de finir sa course sur le parquet.

Beaucoup de bruit. Suspect.

« Qu'est-ce que vous foutez là-dedans ? »

Omar se redressa, paniqué. « Je chie. »

Pas de réaction.

« Si vous croyez que c'est facile de se dépoiler quand on est attaché. »

Toujours rien.

Il se rhabilla, aussi doucement que possible et s'assit sur la cuvette. À tâtons, des deux mains, il retrouva le couteau, sous lui. C'était un modèle de cuisine, pas très grand, pointu, souple et dentelé.

Sois un homme.

Omar resta un long moment à l'examiner, incapable de décider ce qu'il devait en faire ou la meilleure façon de s'en servir. Incapable d'affronter la réalité de ce qui devait se passer.

« Dépêchez-vous ! »

Une chose après l'autre. D'abord, se détacher. « Ça va, ça va. » Tremblant, Omar fit glisser la lame sous l'adhésif et lui imprima un mouvement de va-et-vient. Il lui fallut quelques ajustements pour que les dents accrochent puis entament le ruban. Le gaffeur commença à céder et il termina le travail en le déchirant. Libre. Il pouvait maintenant surprendre le motard. Qui était armé.

Sauve ta fille.

Il fallait le tuer.

Sois un homme.

D'un coup. Vite.

Omar se leva, dissimula l'arme le long de son avant-bras droit et tira la chasse. Il serra les poignets, comme s'il était toujours entravé, inspira et déverrouilla la porte.

Tuer un homme pour être un homme.

Le motard s'était éloigné de quelques pas. Il

l'attendait sur le seuil de la cuisine, le flingue contre sa cuisse. Il lui fit signe de s'approcher, « doucement ».

Le motard s'écarta pour céder le passage à Omar, qui entra dans la pièce lentement. Brusque retournement lorsqu'il fut à portée de bras de sa cible. Un mouvement circulaire, horizontal, puissant, tranchant, qui fut paré de justesse…

Le pistolet vola et alla se perdre sous la table.

Les deux hommes s'empoignèrent.

Derrière la vitre, le berger allemand grogna et commença à gratter.

À l'étage montèrent les intonations aiguës de la voix de Zoé qui appelait son père et sa mère.

Omar était puissant, il assura sa prise sur les deux épaules du motard et tenta de le soulever de terre. Chocs contre les murs. Plusieurs coups de poing rapides et pénétrants aux côtes flottantes le repoussèrent temporairement mais il s'accrocha à son adversaire handicapé par sa blessure. Son dos percuta la commode. Elle vibra, oscilla, menaça de tomber mais tint bon.

Omar ne pouvait pas céder. Zoé hurlait là-haut.

Le motard sentait ses forces l'abandonner rapidement. Des chaises volèrent sur son passage. Ses appuis allaient le lâcher s'il ne faisait rien. Il pivota pour se donner du champ, se laissa aller en arrière, entraîna Omar Petit dans sa chute, roula sur le dos et, de sa jambe valide, poussa le plus haut et le plus fort possible pour lui faire perdre pied.

La manœuvre réussit et les deux combattants se retrouvèrent par terre, sur le dos.

Deux mètres à peine les séparaient.

Le Glock. Sous la table. À portée de main.

Sur sa droite, Omar qui reprenait ses esprits et se relevait.

Frénétique, le chien donnait l'impression de creuser la porte.

Le motard tendit le bras et quelque chose lui cogna la tempe. La table, le pied de table, carré, massif, qui venait de glisser vers lui. Omar Petit. Sa vision se brouilla. Il sentit plus qu'il ne vit le paysan foncer sur le flingue. Il essaya de se relever mais dérapa et s'affala sur le sol.

Omar se mit debout. Il tenait le pistolet, le menaçait avec : « Bouge plus, saloperie ! Bouge plus ! »

Les deux hommes s'observèrent le temps de reprendre leur souffle.

Xaj n'aboyait plus, il regardait lui aussi.

La petite appelait toujours, sans relâche.

Le motard se redressa en position assise, sans perdre l'arme de vue. « Et maintenant, tu fais quoi ? »

Quelques secondes d'incertitude.

« Tu vas te lever et on va descendre tous les deux.

— T'es sûr ? Et si je suis pas en état, tu me portes ?

— Lève-toi !

— Tu me portes ou alors tu me tues.

— Debout !

— Va juste falloir que tu sois un peu plus convaincu que tout à l'heure.

— Ta gueule !

— Pas facile de tuer un mec au couteau, hein ?

— Debout !

— Pas facile de tuer un mec. »

Omar s'approcha, agitant le Glock devant le visage du motard.

« Ben vas-y, si tu crois que t'as ça en toi ! Fais-le !

— On va descendre.

— Tu veux pas voir ta fille d'abord ? »

La question surprit Omar qui ne trouva rien à répondre.

Le motard capta son trouble. « Elle est en panique là-haut, t'entends pas ? » Peu assuré sur ses jambes, il trébucha.

« T'approche pas. »

À la fenêtre, le chien sentit la peur dans la voix d'Omar. Il recommença à gratter, montra les dents.

« On devrait aller la voir. » Le motard se pencha pour réduire la distance. Sa cuisse était en feu. Plus qu'un mètre entre lui et le Glock. Il grogna de douleur, ferma les yeux sur le regard affolé d'Omar et les rouvrit lorsqu'il se sentit tomber. Son corps partit vers l'avant, il feignit de vouloir se retenir et, au dernier moment, attrapa le poignet du bras qui tenait l'arme et le tira vers lui. Le canon le dépassa. De sa seconde main, ouverte, il frappa son adversaire à la gorge.

Le premier réflexe d'Omar fut de tout lâcher pour attraper son cou. Il ne pouvait plus respirer.

Le motard lui fit un balayage et le poussa en arrière, sans accompagner sa chute. Dès qu'il fut au sol, il lui envoya un premier coup de pied, pointu, dans le ventre. « Alors connard, tu voulais me tuer, hein ! »

Griffures sur la porte.

Zoé.

Autre coup, au visage. La tête d'Omar partit en arrière. « Hein, enculé ? »

Griffures sur la vitre.

Zoé.

« Me tuer ? Moi ! » À la tête, dans les côtes, dans les jambes. Du sang.

Griffures.

Zoé.

« Enculé ! » Des plaintes. Tête. « Connard ! » Côtes. Ventre. « Pauvre merde ! »

Griffures. Sur. La. Vitre.

« Tu veux tuer, hein ! » Le motard se pencha et fit pleuvoir les poings sur son adversaire roulé en boule. Frappe. Tête. Tête. Frappe. Frappe. Sang. Côtes. Frappe. Sang. « Je vais te montrer comment on fait, moi ! »

Cris d'agonie d'Omar.

Cris d'angoisse de Zoé.

Xaj glissa sur la poignée. La porte s'ouvrit. Il bondit sur l'agresseur de son maître qui, surpris, l'esquiva maladroitement et tomba avec lui. Sans répit, il attaqua encore.

Le motard ne réussit à contenir le berger allemand que de justesse. Sa mâchoire lui frôla le visage et claqua dans le vide à quelques centimètres de son crâne. L'animal revint à la charge. Le motard dut sacrifier son bras droit pour empêcher à nouveau une morsure à la tête. Les crocs s'enfoncèrent profondément dans son pull et sa chair, lui arrachant un juron qui domina un instant la cacophonie générale.

Le motard poussa au fond de la gueule de Xaj pour l'empêcher d'assurer sa prise. De sa main libre, il lui attrapa la fourrure au niveau du col. D'un coup sec, il tira loin de lui et fit passer son pied sous le ventre du chien pour le projeter en l'air de toutes ses forces.

L'animal chuta lourdement et chercha à se remettre sur ses pattes. Ses griffes patinèrent sur le carrelage et il mit quelques secondes à retrouver son équilibre. Il venait d'y parvenir lorsque son maître le plaqua au sol en se couchant sur lui, pour l'immobiliser. « Non ! » Pour le protéger.

Le motard, à bout de souffle, braquait le pistolet sur eux. Sur Xaj.

Omar serra son berger allemand.

Les mains du motard tremblaient. Il les examina. Ses jointures étaient éclatées, rouge sang. Il regarda l'homme, son visage en bouillie, le chien, réalisa que Zoé ne hurlait plus. Il sentit un courant d'air froid, tourna la tête. La cuisine était ouverte sur la nuit. Il était là, dehors, son monde, pas ici avec ces gens.

La porte s'ouvrit sur une femme d'une quarantaine d'années, très grande, aux cheveux blond paille et raides. Elle avait des traits osseux, un peu froids mais pas dénués de charme, et elle lui souriait. « Bonsoir. Capitaine Barrera ? Je suis Michèle, l'épouse de Valéry. Entrez. »

Barrera pénétra dans l'appartement des Massé du Réaux. La décoration n'était pas particulièrement inspirée, accumulation de meubles, de bibelots et de photos-souvenirs glanés au fil des affectations, typique d'une famille qui ne s'était jamais réellement installée où que ce soit et avait privilégié la fonction sur le style. Une famille de militaires, il connaissait. Il laissa *Michèle* le débarrasser de son manteau et de son bouquet, une piètre composition qu'il avait eu un mal de chien à trouver si tard, et la suivit jusque dans le salon.

« Il couche sa fille. Le rituel du soir.

— Je comprends, j'ai deux fils. Je fais ça aussi. Avec le petit. L'autre, il dit qu'il est trop vieux.

— Quel âge ?

— Cinq et huit. Ils grandissent vite.

— Vous devez être fier.

— *Sí*, beaucoup.

— Je vous offre quelque chose ?

— *Vino*, s'il vous plaît. Blanc. »

Valéry Massé du Réaux arriva, serra la main de l'Espagnol, échangea avec lui les politesses de rigueur.

« Vous repartez demain à Madrid ?

— Oui. Je crois avoir aidé l'adjudant autant que possible. »

Michèle revint avec des verres et une bouteille de puligny-montrachet. Elle fit le service, ils reparlèrent de leurs enfants et l'enthousiasme de Barrera confirma son impression première.

Vinrent ensuite des questions sur Madrid, la ville natale de Barrera, que les Massé du Réaux ne connaissaient pas. Il en dressa un portrait teinté de nostalgie. « La ville a changé, elle est devenue plus dure.

— Ici, c'est pareil.

— *Sí.*

— Il n'y avait pas toutes ces histoires, avant.

— *No.*

— On ne brûlait pas les gens dans leurs voitures. On ne brûlait pas de voitures du tout.

— *No.*

— Valéry a fini par me dire pourquoi vous étiez là.

— *Sí.* » Barrera adressa un regard gêné à Massé du Réaux. « Je crois que ces choses, elles ne sont pas bien pour ici, *no* ? C'est le travail. »

Cette réponse ne sembla pas satisfaire son hôtesse. « Vous en avez, à Madrid, des gens comme ça ?

— Des *traficantes* ? Oui. Les trois premiers morts viennent de chez moi. Des hommes très intelligents, *cínicos*, qui ont compris le monde et qui lui vendent sa *droga*. »

Michèle Massé du Réaux n'aima pas le ton de leur invité. « À vous entendre, on dirait que vous regrettez presque ce qui leur est arrivé.

— Ils jouent, ils perdent. Au moins, ils jouent.

— Drôle de conception, pour un représentant de la loi.

— Sans eux, nous ne pourrions pas jouer non plus. » Barrera sourit et but un peu de vin.

« Ce n'est pas un jeu, ces gens sont des brutes.

— Non, plus que des brutes. S'ils sont juste violents, pour nous c'est plus simple, *no* ? Mais ils ont le pouvoir, partout. Ils sont comme les multinationales. Ils emploient des milliers de gens qui sont prêts à tout pour les dollars, parce que c'est le seul choix pour vivre. Ou parce que c'est facile. Les *narcos* ils ont compris, ils profitent. Ils paient mal, ils ne donnent pas la *seguridad social* et personne ne peut se plaindre, il n'y a pas les syndicats. *Plomo o plata*, ils disent là-bas, du plomb ou de l'argent, c'est tout.

— La loi du plus fort.

— *Sí*, le capitalisme *puro*. Ils ont une chose là-bas. Nous, nous la voulons ici. À tout prix. Ils nous montrent juste ce que nous valons.

— Nous ? Je ne vois pas en quoi nous…

— Les deux cents milliards de dollars de la *cocaína*, par année, il faut des gens pour les payer. Et qui peut payer ? *Nosotros*. Chaque fois que quelqu'un achète sa *cocaína* ici, il paie les cartels. Il est responsable de *más violencia*, *más miseria* ailleurs. » Barrera s'emporta. « Les drogués, ils ne tuent pas, ils ne pillent pas, ils ne polluent pas tout, ils font pire, ils consomment. Pour le plaisir ou pas, ce n'est pas le problème, personne les pousse, ils consomment et ils ne veulent pas voir. Les *narcos*, ils grandissent grâce à ça. À cause de ça, à cause de nous. Nous laissons faire. La *cocaína* c'est cool.

— L'Europe n'est pas les États-Unis. »

L'Espagnol secoua la tête, un sourire triste aux lèvres. « Les *narcos* arrivent déjà ici. Maintenant. Il y a la place, les clients, la facilité. Ils suivent les affaires, l'argent. Là où ils sont. La *globalización*, ils ont compris.

— On dirait un de ces alters qui nous cassent les pieds toute l'année.

— Et si nous dînions ? » intervint Valéry Massé du Réaux.

« Vous êtes de gauche, capitaine ?

— J'ai deux fils. Souvent, je me demande quel monde ils vont avoir après nous. »

Ils passèrent à table et firent en sorte de ne plus aborder le sujet. À la fin du repas, Massé du Réaux s'isola dans le salon avec Barrera. En rentrant ce soir, il avait rapporté avec lui une enveloppe kraft, format A4. Elle était posée sur la télévision et il invita l'Espagnol à la prendre. « À l'intérieur il y a des photos du voyageur arrivé ici avec Araneda. Elles sont extraites d'une bande de vidéosurveillance de l'aéroport. Pas idéal, mais c'est tout ce que nous avons pour le moment. »

Miguel Barrera en extirpa quatre impressions. Noir et blanc, très pixellisées, prises en plongée. Deux panoramiques montrant plusieurs personnes, l'avocat colombien, des policiers français et l'homme mystère. Il était le sujet principal des deux autres tirages, des gros plans réalisés à partir des clichés précédents et sur lesquels il portait une casquette de base-ball enfoncée sur le crâne. Son visage demeurait invisible. « Comment vous les avez eues ?

— Par un copain de la gendarmerie des transports aériens. Une faveur.

— Les juges savent ?

— Je n'ai pas encore signalé au procureur que ces clichés étaient disponibles, non.

— Il garde la tête cachée sous le chapeau. On le voit pas.

— Toute la vidéo est comme ça. Mon ami m'a transmis ce qu'il y avait de mieux.

— Il fait attention. » Barrera parcourut les photos en silence puis, sans regarder Massé du Réaux, déclara : « Vous devez surveiller Araneda. Tout de suite. Lui et l'homme de l'aéroport sont ensemble. Il faut lui poser des questions sur les trois morts d'aujourd'hui.

— Pourquoi ? »

L'Espagnol continua à examiner les documents photographiques sans répondre.

« Il faut que j'aie l'accord du procureur de la République pour faire suivre l'avocat. Compliqué, sans un motif solide.

— C'est difficile, avec les juges, non ? » Comme Massé du Réaux ne disait rien, Barrera releva le nez. « L'adjudant ne les aime pas.

— Il est rare que les enquêteurs aiment les magistrats.

— Je l'ai trouvé avec *mucho* stress ?

— Trop de travail, trop de dossiers. Les brigades qui nous aident d'habitude sont occupées par une alerte Épervier. Elles cherchent un fugitif », précisa Massé du Réaux. « Alors six morts d'un coup, moins de soutien, c'est beaucoup. »

Barrera acquiesça. « Et vous, vous les aimez, les juges ?

— Je n'ai pas le choix.

— Ils vont laisser partir les corps ?

— Oui.

— Vite ?

— Le plus vite possible.

— Pourquoi ?

— Parce que cela les arrange. Ils rendent service. Pas à Araneda ou à votre fameux *Triple Cero*. À

Rigny, l'avocat d'ici. Et au barreau de Toulouse. Et aux barons locaux. Whisky ? »

Barrera hocha la tête.

Massé du Réaux servit deux tumblers, montra la bouteille. « Mortlach. Un single malt. Très rare apparemment. Le vendeur qui me l'a conseillé m'a assuré que c'était le favori de Churchill, qu'il aimait relever son thé avec.

— *Mens sana in corpore sano.* »

Massé du Réaux rigola et tendit un verre à son invité, prit le temps de savourer une première gorgée. « Il y a quelques années, la gendarmerie a été saisie pour une affaire locale qui traînait en longueur. Une affaire encombrante. Un tueur. De femmes. Surtout des prostituées, mais pas seulement. Pour simplifier, on va dire qu'au début, c'était la police qui s'en occupait mais qu'elle n'a pas bien fait son travail, que les proches des victimes s'en sont rendu compte, qu'ils ont fait du bruit et que le Parquet a dû faire appel à d'autres enquêteurs, nous, pour calmer les esprits. » Massé du Réaux avala un peu de whisky avant de continuer.

Miguel Barrera le regardait, attentif.

« C'était un geste politique, nécessaire, mais qui cmmerdait la justice. Et nos amis les flics. Qui ne nous aiment pas, par ici.

— Chez nous c'est pareil.

— La population a interprété ce changement comme un aveu d'incompétence dans la gestion de l'enquête. Et puis, il y avait des éléments qui faisaient peur aux magistrats dans ce dossier. Et pas seulement à eux. J'ai hérité de tout cela quand je suis arrivé ici.

— C'était quand ?

— Un an, un an et demi. La procédure était déjà bien avancée. » Un temps. « Le procès de cet homme va avoir lieu dans quelques semaines. Tout le monde craint ce que les audiences pourraient révéler. Y compris le bureau du procureur. Du coup, ma section subit beaucoup de pressions. Et on nous complique la vie à la moindre occasion. Cette histoire de tueur de putes, elle peut faire du mal à certains caciques de la ville. Des gens qui comptent. Ils ont tous commencé à se serrer les coudes.

— Ils se rendent service.

— Oui. Ou ils se tirent dans les pattes, c'est selon. Et nous, nous sommes au milieu.

— Avec du stress. »

Les deux officiers burent en silence.

« Il y a toujours la politique dans notre travail », commença Barrera, « il y en a qui aiment la politique. Moi, non.

— Moi non plus.

— Avant, je faisais moins attention, maintenant je suis obligé. Je suis moins dehors. J'ai dû, comment vous dites, prendre le recul ? » Le regard de Barrera se perdit dans le vague. « J'étais *un infiltrado*, avec un de mes amis. De l'école des officiers. Un bon ami, solide, courageux. Honnête. Un jour, les hommes de *Triple Cero* l'ont identifié. Ils l'ont pris. Il est mort. » Longue pause. « Il savait des choses. Nos chefs ont décidé de retirer les autres clandestins. »

Il montra les photos de l'homme à la casquette. « Lui, il a tué mon camarade.

— Vous savez à quoi il ressemble alors ?

— Non, même la police colombienne ne sait pas. Ou elle ne veut pas parler.

— Alors comment…

— À cause de la fille, sur le chantier, aujourd'hui. Il travaille de cette façon. Il a fait la même chose à mon ami. » Barrera termina son verre. « Sous quel nom il est arrivé ici ?

— C'est marqué derrière l'un des tirages, je crois. »

Barrera examina les versos des clichés. « Antonio Mireles-Torres, passeport allemand numéro… » Il lut le reste à voix basse et secoua la tête. « Ce passeport, il est faux sans doute mais c'est un des uniques… » Il sembla chercher un mot.

« Détail, indice ?

— Indice, *sí*, un des uniques indices sur lui. Avec vos photos. Nous pensons qu'il est avec Greo-Perez depuis les AUC. Dans des rapports de groupes humanitaires sur certaines de leurs opérations, il y a des descriptions de cadavres qui ressemblent à son travail.

— Excusez-moi mais les AUC, c'est quoi ?

— *Autodefensas Unidas de Colombia*. Des fascistes. *Paramilitares*. Officiellement, ils protègent les gros propriétaires et les paysans des guérilleros communistes. Maintenant, ils sont une armée parallèle au service des cartels et de quelques politiques. Leurs chefs, ce sont les frères Castaño. Alvaro Greo-Perez a longtemps été ami de Carlos Castaño, le plus jeune.

— Et ce tueur fait partie de ces AUC ?

— Je crois.

— On a autre chose sur lui, la description du médecin, à l'hôpital. Il a dit que c'était un Asiatique.

— C'est vrai.

— Pas terrible, hein ?

— *No*. Mais d'autres savent.

— Qui ?

— *Los Americanos*. Ils ne disent rien.

— Ils viennent faire quoi, là-dedans, les Américains ? »

Miguel Barrera fixa son hôte. « La Colombie, c'est à eux. » Il montra son verre. « Je peux en avoir encore ? »

Massé du Réaux alla les resservir. Il entendit l'Espagnol souffler derrière lui.

« Les Italiens nous ont appelés il y a deux ans. Ils suivaient le clan Neri, ils ont trouvé Ruano, ils sont venus nous voir. Moi, je travaillais déjà sur *El Cartel de Madrid*, les Colombiens immigrés. Grâce à Ruano, nous avons eu Javier Greo-Perez, qui venait souvent en Espagne. Après, il s'est installé. C'était *un cabrón*, son père l'a mis à l'abri ici parce qu'il risquait de se faire tuer en Colombie. Nous l'avons su plus tard.

— Raté.

— Quand Alvaro Greo-Perez est apparu dans notre enquête, nous avons appelé Bogotá.

— Et là, les Américains ont débarqué.

— *Sí*. Ils ont tout repris en main.

— Votre hiérarchie a laissé faire ?

— Notre gouvernement. Il y avait le terrorisme, il fallait être gentil. La politique.

— Au moins, chez vous, ça vole un peu plus haut qu'ici.

— Les anti-drogue américains veulent avoir les chefs du *Norte del Valle Cartel*, celui qui est venu après Medellín et Cali. Il y a les frères Montoya Sánchez et les frères Henao Montoya. Surtout Arcángel de Jesús Henao Montoya.

— Greo-Perez travaille pour ces gens-là ?

— Avec. Don Alvaro, c'est une cible importante pour nous. Pour *los Estados-Unidos* », Barrera soupira, c'est un gros problème. À cause des AUC. *Los Americanos* n'aiment pas les communistes et ils entraînent les AUC depuis longtemps, parce que les AUC sont contre les FARC.

— Et les AUC vendent de la drogue ?

— Pas au début. Après, les cartels les ont pris pour la sécurité et les choses ont changé.

— Les créatures ont échappé à leurs créateurs.

— Les *narcos* ont bien appris. Ils ont créé des services de renseignements privés avec les moyens d'acheter tout ce qu'ils veulent, le matériel, les armes, les gens.

— Est-ce que les Américains protègent Greo-Perez et son tueur ? »

Barrera se rembrunit.

« Ils s'étaient déjà invités dans votre enquête quand votre ami a été repéré ?

— Qui ?

— Les Américains. »

Pas de réponse. L'Espagnol se leva, fit quelques

pas dans la pièce. « Je pense souvent à lui, vous savez. »

Massé du Réaux ne trouva rien à dire. Il sirota son whisky sans parler, le temps que son invité se calme.

Barrera s'arrêta devant un cliché de son hôte entouré d'autres gendarmes, tous vêtus de combinaisons d'assaut et armés, posé sur un rayonnage de bibliothèque. « Cette photo, elle a été prise où ?

— À mon ancienne unité.

— *Intervención* ?

— Oui.

— Vous êtes parti ?

— Quand je suis monté en grade. Pour venir ici.

— Pas de regrets ?

— Les choses étaient souvent plus simples. Pas toujours. »

Finis-le.

« La rue me manque, l'action », commença Barrera, « mais quand je suis avec mes fils, je ne regrette pas.

— Moi, je n'avais plus la même envie qu'au début. Et je voulais passer plus de temps avec ma femme et ma fille aussi. » Pieux mensonge, le Groupe manquait à Massé du Réaux. Il avait beau s'être répété cent fois, mille fois, dix mille fois, qu'il s'était décidé en pensant à sa famille, au fond de lui, il savait que là n'était pas la véritable raison de son renoncement.

Finis-le.

Ils avaient neutralisé Khaled Kelkal, ce soir de septembre 1995, un minable qui se rêvait fléau d'Allah, et ils avaient bien fait. Mais lui, Massé du Réaux, n'y était pour rien.

Finis-le.

Il avait juste donné l'ordre. Affolé, incapable d'assumer, il s'était caché derrière ses équipiers. Juste l'ordre. Facile. Trop.

Finis-le.

Fini. Ce soir-là, il avait pris conscience d'être devenu un risque pour ceux qui partaient au carton avec lui. Et il s'était éloigné le plus vite possible. Personne ne pouvait comprendre. Il préféra changer de sujet. « Les Italiens travaillent avec vous sur cette opération alors ? Qui d'autre ?

— Je vous ai déjà dit beaucoup. Trop. » Barrera alla se rasseoir.

« Des Français ?

— Non. Mais peut-être ça va changer.

— Mon enquête ?

— *Sí.* Ruano et Javier sont venus ici. Cannavaro était là aussi. Ensemble, en France, je n'aime pas.

— Tous morts. »

Barrera était contrarié. « Je ne comprends pas. Le tueur de Greo-Perez arrive en dernier. Il tue la fille. Cannavaro meurt au même endroit. Il tue Cannavaro ? Pourquoi ? Et qui tue Javier, Feíto et Ruano ?

— Cannavaro ?

— Impossible. Pas sans l'accord des Neri. Et c'est trop risqué pour leur *business*.

— Cannavaro pourrait avoir trahi.

— Trop dangereux.

— On l'a tué.

— *Sí.* Mais pourquoi étaient-ils ici ?

— Ils sont tous trafiquants ? » Massé du Réaux

vida son verre. « Pour trafiquer, ouvrir un nouveau marché. »

Le motard poussa la porte tout doucement.

Zoé ne dormait pas. Elle était assise sur son lit, les bras autour de ses jambes repliées contre elle.

Il fit un pas vers elle mais elle se recroquevilla plus encore. Il s'arrêta, recula, s'adossa au mur et se laissa glisser à sa hauteur.

Ils se regardèrent puis Zoé fixa ses mains, posées sur ses genoux. Elles étaient enflées, craquelées, nuancées de rouge et de noir. Elles avaient fait mal à son père. Il les cacha. « Tu as peur de moi ? »

Pas de réponse.

« C'est normal. » Un temps. « Moi aussi. »

Les secondes s'écoulèrent, longues.

Zoé ne quittait pas le motard des yeux. Des larmes silencieuses coulèrent sur ses joues. Elle renifla.

« Tu veux de l'eau ?

— Papa », commença l'enfant.

« Il va bien. » Voix mal assurée.

« Je veux voir papa.

— Bientôt. »

Nouvelles larmes.

« Xaj aussi, il va bien.

— Pourquoi tu nous aimes pas ? »

Le motard examina le visage creusé de peur et de chagrin de la gamine.

Pourquoi tu nous aimes pas ?

Il serra les poings, fort, très fort, se fit mal.

Ils nous aiment pas, avec papa.

« Tout ira mieux quand je ne serai plus là. » Le motard se remit debout avec peine. Sa blessure le lançait, elle saignait à nouveau. « Dors, Zoé », il sortit dans le couloir, « pardon », et referma derrière lui.

Miguel Barrera se fit déposer au Capitole par le chauffeur de taxi. Aucune envie de rentrer après le dîner. Sa conversation avec Massé du Réaux avait réveillé de vieilles douleurs et il ressentait le besoin d'un autre verre. Peut-être plusieurs autres verres. Il dormirait dans l'avion, demain.

Vendredi soir, un peu après minuit, du monde dehors. L'air était sec, froid, agréable.

Barrera marcha autour de la place, observa les gens, capta des bribes de conversation, la plupart trop rapides pour qu'il en saisisse le sens. Il finit par entrer dans le bar par la rue. L'ambiance était plus calme qu'à l'extérieur, l'éclairage tamisé, typique de ce genre d'endroit, et la clientèle d'un certain âge. Il dénombra une dizaine de personnes, un groupe de trois types seuls, deux couples, deux autres hommes au comptoir. Il alla s'installer à quelques tabourets d'eux.

« Monsieur ? » Le barman, chemise blanche, pantalon noir, la vingtaine en pétard, arriva sans attendre.

Barrera examina les étagères d'alcools, localisa les scotchs, « Knockando ». Sans doute pas aussi bon que celui de Massé du Réaux mais il ferait l'affaire.

« Glace ?

— Non. » L'Espagnol fouilla ses poches à la recherche de ses Marlboro. Son verre arriva. Il glissa une cigarette entre ses lèvres, s'aperçut qu'il n'avait pas de briquet, fit signe à Pétard, « du feu ? », qui lui montra un bocal en verre, rempli de boîtes d'allumettes marquées du logo de l'hôtel *Crowne Plaza*.

« *Gracias* », murmura Barrera.

« Espagnol ? » Le barman se pencha vers lui.

« *Sí*.

— D'où ?

— Madrid.

— Ah. » Déception. « Vous connaissez Barcelone ?

— Un peu. Pas bien.

— Je voudrais aller travailler là-bas.

— Vous parlez ?

— *Un poquito*. J'apprends.

— *Muy bien*. » Une latte, une gorgée de whisky. « Et vous êtes ici pour ? »

Barrera aurait bien aimé le savoir. « Le travail.

— Dure journée ?

— Triste soirée. » Miguel Barrera chercha son reflet derrière le bar. Les bouteilles le gênaient. Il tira sur sa clope, exhala la fumée.

« Dur d'être loin de chez soi pour bosser un week-end.

— Pardon ?

— Je disais que travailler le week-end, quand on est loin, c'est pénible.

— *Sí*.

— Vous êtes dans quelle branche ?

— Commerce. » Vieille pudeur d'infiltré, réflexes à vide et peines professionnelles qui refusaient de le laisser en paix, même s'il racontait le contraire à tout le monde.

« Vous vendez quoi ? »

Pétard poursuivit son interrogatoire mais Barrera ne fit plus attention à lui. Dans le hall de l'hôtel, visible depuis l'endroit où il était assis, il venait d'entrevoir une tête connue, aperçue sur les photos de mauvaise qualité que lui avait montrées Massé du Réaux une heure plus tôt. Celle d'Ignacio Araneda, l'avocat d'Alvaro Greo-Perez. Il faisait bien les choses, le hasard, parfois. Il suffisait de l'aider.

Araneda se fit remettre une carte magnétique et se dirigea vers les ascenseurs.

Barrera s'empressa de payer, empocha clopes et allumettes, et se leva. Il ralentit devant le comptoir d'accueil, le temps de repérer le numéro de casier dans lequel le concierge avait trouvé le sésame du Colombien, puis monta à son tour.

Ignacio Araneda, légèrement ivre, trop de clos-vougeot, avait du mal à glisser sa clé dans la serrure électronique de sa chambre. Il la fit tomber, se cogna la tête contre le mur lorsqu'il se pencha pour la ramasser, mit du temps à trouver le bon sens, et ne parvint à ses fins qu'à la quatrième tentative. Agacé, il poussa la porte d'un coup de pied dès que le déclic libérateur se fit entendre, faillit se la reprendre dans la figure et se précipita aux toilettes pour pisser. Il en ressortit peu après, braguette encore ouverte, soulagé, et fit quelques pas dans le noir à la recherche d'un interrupteur qu'il alluma en grommelant.

Tod l'attendait dans le salon de la suite, assis dans l'un des clubs. « Bonsoir, Señor Araneda », dit-il en espagnol. Il prit une bouteille d'Évian posée sur une tablette devant lui et but quelques gorgées. Puis il examina son compatriote, toujours figé dans une pause ridicule. « Vous mettiez du temps à rentrer, alors je me suis servi dans le minibar.

— J'étais », toussota Araneda, « j'étais avec maître Rigny. Pour les papiers. »

Tod sourit. « Avez-vous bien dîné ? »

Araneda essaya de retrouver une contenance. « Très légèrement. » Il tourna le dos à son interlocuteur, tituba jusqu'à la salle de bains. « Nous n'avions pas beaucoup de temps. »

Tod entendit de l'eau couler. Par la porte entrebâillée, dans un miroir, il aperçut l'avocat penché au-dessus du lavabo, visage trempé. Il éleva la voix. « Quand pensez-vous repartir ?

— Dans trois ou quatre jours. » Araneda réapparut dans la pièce avec une serviette pour s'éponger le visage et se laissa lourdement tomber dans un fauteuil, en face de Tod. Il avait les yeux rouges, une élocution difficile. « Je ramènerai le corps de Javier avec moi.

— Don Alvaro sera content.

— Je lui ai téléphoné en fin d'après-midi.

— Comment allait-il ?

— Il semblait », l'avocat hésita sur le mot, « frustré. »

Tod savait avec quelle violence Alvaro Greo-Perez pouvait réagir aux frustrations. « D'autres mauvaises nouvelles ?

— Pas de nouvelles.

— Aucune ?

— *No*. Il a parlé à beaucoup de gens. Sans résultat. »

Les dernières quarante-huit heures avaient dû être éprouvantes pour certains.

« Et de votre côté ?

— *Nada*.

— Rien ?

— J'ai fait le ménage à l'hôtel de Javier. J'ai trouvé *sa puta*, je l'ai interrogée, elle ne savait rien. C'était juste *una puta*. Cannavaro est mort. Le feu, c'était lui.

— *Dios mio*, pourquoi ?

— Panique, bêtise.

— Non, pour quelle raison l'avez-vous tué ?

— Panique, bêtise.

— Et l'autre ?

— Il ne sait rien et il est encore utile. Après, on verra.

— Qui a tué Javier et Ruano, selon vous ?

— L'exécution était professionnelle, donc chère. Ça limite le choix.

— Comment le savez-vous ?

— Trois morts, un seul tireur pour les attendre. Néris m'a décrit les blessures. Du travail propre. Tenez. » Tod tendit un petit sac en papier à Araneda. « Fedex, à Don Alvaro.

— Qu'est-ce que c'est ?

— Des étuis de 9 mm trouvés sur place. Avec de la chance, il y aura des empreintes. Connues. Don Alvaro sait à qui s'adresser.

— Qu'allez-vous faire, maintenant ?

— Je vais retourner dans cette ville, Moissac, avec *el Francés*.

— Le tireur, il doit être loin, *no* ?

— Quelqu'un l'a peut-être vu, avant ou après. Je vais traîner un jour ou deux.

— À quoi ressemble-t-il ?

— Je n'en ai pas la moindre idée. Mais c'était un motard, probablement pas du coin. En plein hiver, ce n'est pas courant. C'est un début.

— Et si vous ne trouvez rien ? »

Haussement d'épaules. « Je rentre. Vous avez quelque chose pour moi ?

— *Sí.* » Araneda se leva et alla ouvrir sa mallette. Il ramena une enveloppe bulle. Elle contenait deux passeports, les permis de conduire correspondants, des cartes de crédit. Du cash. « Vingt-cinq mille euros. Tout y est. »

Tod se leva pour partir. Nouveau sourire à l'avocat. « Je sais. »

Miguel Barrera courut se cacher au bout du couloir, derrière un coin de mur, juste à temps pour voir un homme sortir de la suite de l'avocat. Taille moyenne, athlétique, cheveux noirs taillés en brosse. Un regard frappant, même à quinze mètres, dans ce lieu mal éclairé. Très clair, des iris gris pâle — aussitôt, Barrera pensa Aryen, Allemand, passeport allemand — en amande, bridés, plantés au milieu d'un faciès asiatique. Comment le légiste avait-il pu ne pas remarquer des yeux pareils ?

Des mois qu'il rêvait de retrouver ce type, qu'il fantasmait une vengeance, une arrestation, ou même une simple confrontation et maintenant que sa Némésis était devant lui, il hésitait, perdu. Dans le doute, Barrera décida de le filer. Voir où il allait et ensuite appeler. Peut-être.

Le *sicario* prit l'ascenseur.

Barrera dévala les marches de l'escalier de secours quatre à quatre et attendit quelques secondes pour suivre quand, parvenu au rez-de-chaussée, l'homme quitta l'hôtel et tourna immédiatement à gauche.

L'Espagnol fit de même, lui céda un peu de terrain, sans le perdre tout à fait, jusqu'à ce que sa cible s'engage dans une ruelle du nom de Sainte-Ursule. Il la rejoignit et constata qu'elle était moins fréquentée. Il patienta. Dans sa poche, sa main jouait avec son téléphone mobile.

Tod passa l'angle d'un immeuble. La poursuite reprit. Plus loin il tourna encore, continua tout droit sur cinq cents mètres jusqu'à une autre esplanade, en bordure de Garonne, et disparut entre les arbres qui entouraient la place.

L'endroit était mal éclairé, il n'y avait pas âme qui vive.

Barrera se rapprocha avec prudence, chercha une plaque de rue et trouva un nom, la Daurade. Il aperçut bientôt une jetée, deux péniches amarrées, l'une était habitée, éclairée, et quelques voitures garées sur le quai. Il s'arrêta dans la pénombre des frondaisons, exactement à l'endroit où Tod s'était volatilisé, et observa. Ses doigts, nerveux, glissaient sans relâche sur le clavier de son portable.

Toutes les bagnoles étaient vides sauf une. Il distinguait une silhouette masculine à travers les vitres embuées d'un break rouge, derrière le volant. L'exécuteur de Don Alvaro ? Il balaya à nouveau les berges du regard. L'homme était le seul être vivant à cent mètres à la ronde. Sa portière s'ouvrit, il sortit. Ce n'était pas le tueur. Trop grand, trop maigre, pas la bonne coupe de cheveux. Juste un pauvre type qui voulait se dégourdir les jambes.

Miguel Barrera extirpa son mobile de sa poche, se ravisa. Prévenir Massé du Réaux et admettre qu'il s'était fait semer ne lui sembla plus une si bonne idée. Il laissa passer du temps. Le conducteur tournait autour de sa voiture, il secouait les bras pour se réchauffer. Au début, Barrera avait pensé qu'il attendait le tueur, mais celui-ci ne revenant pas, l'hypothèse lui parut peu probable. Peut-être avait-il au moins vu de quel côté le Colombien était parti.

Barrera abandonna son refuge sous les arbres et s'approcha. Lorsqu'il arriva à la hauteur du break, il prit une clope dans son paquet. « Bonsoir », commença-t-il dans son français aux sonorités espagnoles, « je cherche un ami. » Il ouvrit sa boîte d'allumettes. « Vous ne l'auriez pas vu passer ?

— J'ai vu personne. » Une voix à la fois agressive et traînante, presque tremblante. « À quoi il ressemble, votre ami ? »

Barrera approcha la flamme de sa cigarette, « Asiatique, pas très grand » et illumina un instant son visage et celui de son interlocuteur. « Il a des yeux très clairs. » Il lut le doute dans le regard de l'homme, surprit un geste de peur, de protection, laissa faire ses réflexes. « Police ! » Il lâcha tout pour dégainer son arme. « Levez les mains. Vos mains, en haut ! Où il est ?

— Qui ?

— Où il est ? » gueula Barrera.

« Mais qui ? » Le conducteur, bras en l'air, recula contre sa voiture.

D'abord, Miguel Barrera ressentit une pointe de gêne dans le bas du dos. Malgré lui, sa vision se brouilla, il lâcha son pistolet, tâtonna à la recherche de l'origine de la douleur qui le paralysait d'un seul coup, ne découvrit qu'un liquide tiède et tomba au sol en tournoyant.

Au-dessus de lui, le conducteur. Et Tod, qui tenait son poignard. « Dans le coffre », ordonna-t-il en anglais.

H + 60

Troisième jour de captivité. À son réveil, Stéphanie Petit pleura lorsqu'elle retrouva le visage dévasté d'Omar. Elle s'excusa auprès de lui, il lui marmonna que tout allait bien, qu'il l'aimait, qu'elle n'y était pour rien, qu'elle devait être forte, pour Zoé, pour eux deux. Il pouvait à peine ouvrir les yeux ou parler, ses paupières et ses lèvres n'étaient que plaies suintantes au milieu de chairs difformes.

Le motard avait descendu la pharmacie, de l'eau chaude et des cotons démaquillants. Il se tint à l'écart, leur laissa du temps et Stéphanie s'occupa de son mari. Quand elle eut fini de nettoyer et désinfecter, il rattacha Omar et remonta avec elle dans la cuisine.

Elle prépara le petit déjeuner en silence, abattue, puis ils allèrent chercher Zoé. La gamine était fatiguée, agitée, elle se réfugia dans les bras de sa mère et mangea peu.

Le motard les raccompagna ensuite à l'étage pour qu'elles se lavent mais les empêcha de s'enfermer totalement dans la salle de bains. Lui resta dans le couloir à guetter les sons, de la douche qui se mettait à couler, des fringues qui tombaient au sol dans un tintement de ceinture, du flexible de la douche qui bougeait, du débit qui changeait.

Le quotidien, simple, inaccessible.

Pas un mot ne fut échangé pendant plusieurs minutes.

Le motard risqua un œil par la porte entrebâillée pour voir où elles en étaient. La mère et la fille lui apparurent dans la glace fixée au-dessus du lavabo. Accroupie dans la baignoire, Stéphanie frottait Zoé avec une éponge, tout doucement. Elle se releva pour prendre du shampooing. Elle avait des épaules larges, un corps fin et musculeux, des petits seins aux aréoles claires. Une goutte d'eau ruissela sur son nez et elle l'essuya avec son poignet. Elle avait les mains pleines de mousse.

Le motard pensa qu'elle était agréable à regarder, peut-être la dernière femme qu'il voyait nue. Il se demanda où il avait bien pu merder à ce point, ce qu'il faisait là, avec son pistolet, à surveiller ces gens, à leur voler leur intimité. Il était passé de l'autre côté du miroir, littéralement, avatar d'un monde souterrain, violent, chaotique, sans discernement, qui s'immisçait dans la vie de chacun sans y être invité sous prétexte d'œuvrer pour le bien commun. Un monde invisible. En théorie.

Il réalisa que Stéphanie Petit l'observait. Elle avait cessé de masser la tête de sa fille et lui renvoyait sa curiosité, sans agressivité ni pudeur, stoïque. Ils restèrent ainsi à se dévisager jusqu'à ce que la petite se plaigne que le shampooing lui piquait les yeux.

Le contact fut rompu. Stéphanie commença à rincer la tête de Zoé et le motard leur tourna le dos. Il tira la porte pour les laisser en paix.

Place des Récollets, jour de marché à Moissac, il pleuvait. Tod examinait la vitrine de la seule armurerie de la ville. Des cannes à pêche, des répliques, beaucoup de couteaux et, plus utiles, des fusils de chasse. Néris prétendait qu'il lui faudrait un permis pour acheter quoi que ce soit de sérieux, ce qui ne laissait que peu d'options. Il détestait les pays où les gens n'appréciaient pas les armes et la France semblait être de ceux-là. Tod s'interrogeait néanmoins sur l'opportunité de se procurer une arme supplémentaire et c'est donc d'un œil plutôt intéressé qu'il surveillait ce qui était en train de se passer dans le magasin.

Un homme tout tordu, sans doute un paysan, pas net, moins vieux que son aspect extérieur ne le laissait paraître, y était entré quelques minutes plus tôt, peu après onze heures, dès que l'armurier avait ouvert ses portes. Ce singulier client était déjà là à l'arrivée de Tod, debout à côté d'un cyclomoteur d'un autre âge, et manifestait quelques signes d'impatience. Une fois à l'intérieur, le vendeur lui avait montré plusieurs fusils à pompe et il en avait choisi un, un Remington, avec les cartouches ad hoc. Beaucoup de cartouches. Maintenant, il payait. En liquide.

La silhouette de Jean-François Néris, tête rentrée dans les épaules à cause de la pluie glacée, se matérialisa dans la vitrine. Tod le laissa s'approcher sans se retourner. Le visage du Français tirait sur le blanc translucide, il était sillonné par la fatigue.

« Temps de merde. » Néris se reprit aussitôt. « *Fucking weather*.

— Alors, tu as téléphoné à ta famille ?

— Oui.

— Ils ont parlé à Don Alvaro ?

— Oui, tout va bien.

— Cannavaro ?

— C'est déjà oublié.

— Et pour le reste ?

— Nous sommes des gens d'honneur.

— Bien sûr. » Tod sonda le regard de Néris, parut satisfait.

« Ils ont proposé de l'aide, pour ici.

— Pas besoin. Tes visites ?

— Rien pour l'instant. Je suis allé dans les deux hôtels situés au nord de la place, *nada*. J'ai fait le tour des bars du secteur et des restaurants qui n'étaient pas fermés. Pareil. Les gens de l'office du tourisme n'avaient rien à me dire non plus. Personne n'a vu de motard, étranger ou en tout cas pas du coin, récemment. »

Tod hocha la tête sans perdre de vue l'acheteur du pompe qui venait de sortir de l'armurerie avec son fusil, emballé dans des sacs plastique, et l'accrochait à sa mobylette avec des tendeurs.

Sans y prendre garde, Néris se plaça dans son champ de vision. « Bon, on fait quoi ? »

Le paysan démarra. Il passa devant eux et disparut dans la première rue à gauche.

Tod soupira, agacé. « On s'occupe du sud du marché. Combien d'hôtels ?

— Trois. Et un camping, mais il est seulement ouvert pour les gens qui ont des mobile homes, je me suis renseigné.

— Loin ?

— Rien n'est loin ici. J'ai tout noté sur le plan », Néris montra un dépliant de la ville à Tod, « enfin plan, il faut le dire vite, leur brochure est pourrie.

— Il y a un hôtel de l'autre côté de la place. Nous allons commencer par celui-là.

— Et après ?

— Après ? Les bars, les autres hôtels. Et après, tous les endroits fermés.

— Combien de temps ça va nous prendre ?

— Pourquoi, tu es pressé ?

— Ma femme se demande ce que je fais. Je devais être absent juste une nuit. »

Tod le regarda et lui sourit. « Tu veux que je téléphone pour lui expliquer ?

— Non ! Surtout pas. Merci. Je lui parlerai.

— Tout est cool, alors ?

— Oui.

— Allons-y. »

Ils traversèrent le marché des Récollets et rejoignirent l'*Hôtel du Chapon-Fin*. Néris débita la petite histoire qu'il avait préparée et interrogea la réceptionniste. Elle vérifia son registre et leur annonça que l'établissement était vide aux deux dates qui les intéressaient, la veille et la nuit même de l'exécution. Basse saison. Jean-François Néris la remercia et ils partirent. Juste à côté se trouvait une brasserie. Ils y entrèrent, jouèrent la même comédie et en ressortirent bredouilles trois minutes plus tard. Ils se dirigèrent vers le *Rendez-vous des Amis*, le dernier bar de la place.

Adrien Viguie leva à peine la tête quand la sonnette d'entrée retentit, il était trop occupé à servir la foule de maraîchers et d'habitués qui se pressait chez lui. Les deux nouveaux venus jouèrent des coudes et se plantèrent devant lui. Viguie n'aima pas l'air du plus petit, le chinetoque au regard pâle, sans expression. Il aima encore moins son copain, le grand, quand celui-ci expliqua qu'ils cherchaient quelqu'un. C'était un principe chez lui, on ne parlait pas aux étrangers.

« Un motard. C'est pas courant, en cette saison, si ? » Néris se frotta les mains, il était congelé.

Adrien Viguie se raidit, maladroit pour dissimuler sa surprise.

« C'est un ami, un peu original. Nous avions rendez-vous avec lui ici il y a trois jours mais on l'a manqué. Depuis, pas de nouvelles.

— Je m'occupe pas des touristes. J'ai pas que ça à foutre.

— Vous êtes sûr ? On peut parler à vos clients ?

— Foutez la paix à mes clients, ils ont pas vu de motard. »

À ce moment-là, Paul Cathala, lui aussi installé au comptoir avec Gaétan Fabeyres, capta la conversation et se tourna vers eux. « Encore une histoire de motard ? Décidément, tout le monde en a après les motards. C'est pas Baptiste qui…

— Non, il a rien vu Baptiste.

— Mais quand on était chez lui, ils nous a pas dit que…

— Non ! Il était bourré, il racontait des conneries. » Viguie fit les gros yeux à Cathala, qui comprit, puis se tourna vers Néris. « On a rien vu. » Il débarrassa les verres devant lui. « Je chauffe pas gratis, vous prenez quelque chose ou pas ? »

Néris secoua la tête et se laissa entraîner dehors par Tod qui leur fit traverser la rue jusqu'à la brasserie. Ils entrèrent et s'installèrent au bar après avoir vérifié la vue sur le bistrot de Viguie.

« Pas très sympa, le patron », se plaignit Néris.

« Non.

— Ils ont parlé d'un de leurs copains qui…

— J'ai compris.

— Tu crois qu'il a aperçu notre motard ?

— Il sait quelque chose sur le motard.

— On fait quoi alors ?

— On attend. Il ira peut-être voir le copain.

— Et s'il n'y va pas ?

— Alors moi je vais le voir lui. » Tod fixa son compagnon. « Arrête les questions et prends un café pour moi, un grand. Après, ramène la voiture par ici. »

Néris baissa les yeux et obéit.

Le permanent de la caserne Saint-Michel téléphona au lieutenant-colonel Massé du Réaux juste après midi. Il s'excusa de déranger à l'heure du déjeuner, un samedi, et annonça qu'il y avait peut-être un problème avec le capitaine de la *Guardia Civil*. Il n'était pas parti. Ou, pour être plus précis, pas rentré. Plutôt les deux en fait. Ni rentré hier soir, ni reparti ce matin. Et il avait très certainement manqué son avion puisque son billet et son passeport étaient toujours dans la chambre que la gendarmerie avait mise à sa disposition au quartier. Avec le reste de ses affaires.

Massé du Réaux ne parla pas pendant quelques secondes. Sa femme, qui se trouvait avec lui dans la cuisine, demanda si tout allait bien. Il lui fit signe de patienter et dit au gendarme à l'autre bout du fil de prendre un papier et un crayon. Il expliqua que Barrera avait pris un taxi la veille et lui donna le numéro de la société à laquelle le véhicule avait été commandé. L'adresse de départ était celle des Massé du Réaux, l'horaire, aux environs de minuit. Le permanent reçut pour mission de déterminer l'heure et l'endroit où Miguel Barrera avait été déposé. Dès qu'il aurait ces informations, ou si le capitaine espagnol refaisait surface, il devait sans attendre rappeler Massé du Réaux, chez lui ou sur son portable.

Adrien Viguie quitta son bar vers quinze heures. À pied.

Il fut immédiatement pris en chasse par Tod. Néris retourna à leur voiture avec l'ordre de se tenir prêt.

Viguie rentra chez lui. Il habitait une résidence moderne de six étages située dans le centre de Moissac. Elle possédait un jardin et un parking à ciel ouvert, privés.

Tod téléphona à Néris et lui demanda de le rejoindre. Quand il arriva, ils allèrent se garer dans la rue à sens unique qui longeait l'immeuble du patron de bistrot, un peu plus loin que l'entrée, juste devant un utilitaire. Ils attendirent.

Leur cible apparut dans son hall une grosse demi-heure plus tard, elle traversa le parking et monta dans une Golf rouge.

Néris démarra, Tod déplia sa carte IGN et ils emboîtèrent le pas à la Volkswagen lorsque celle-ci les dépassa. Ils quittèrent la ville en direction du nord, par la D7, une route qu'ils avaient déjà empruntée la veille lorsqu'ils s'étaient rendus sur les lieux de l'exécution. Ils bifurquèrent au nord-est sur la D60, juste avant Brassac, atteignirent le lieu dit La Perge et laissèrent Viguie tourner à gauche, sur une voie secondaire traversant des parcelles cultivées. Sur le plan, c'était un cul-de-sac bordé de sentiers, long d'un kilomètre, qui débouchait sur une ferme.

Ils s'y engagèrent peu après et entrevirent bientôt un toit. Ils stoppèrent et cachèrent leur break dans un chemin discret.

Tod récupéra une paire de jumelles et partit seul en reconnaissance. Il longea la petite route aussi loin que possible puis escalada le bas-côté pour passer derrière une clôture de barbelés noyée dans les ronciers. Petit sprint jusqu'à un bosquet et il se retrouva à proximité de plusieurs bâtiments agricoles entourant une habitation. Il commença par s'assurer que la Golf était bien là puis bondit vers un vieux hangar qui menaçait de s'effondrer. Abrité par la construction, il se rapprocha encore, sans se faire remarquer. Nouvelle course et il parvint à se dissimuler derrière un tas de vieux pneus de tracteur. Il mit un genou au sol, sentit instantanément l'humidité et le froid traverser la toile de son jean et observa. Il était à moins de vingt mètres de sa cible.

Viguie était descendu de voiture et frappait à la porte de la maison plantée au milieu de l'exploitation. Tous les volets étaient fermés, pas de lumière malgré le jour gris sombre, aucune fumée ne s'échappait de la cheminée, personne pour répondre.

Tod ne tarda pas à remarquer un cyclomoteur appuyé contre le mur d'une grange, à l'autre extrémité de la cour, derrière une vieille 504 pick-up Peugeot. La mobylette lui sembla immédiatement familière et il ne tarda pas à se souvenir de l'endroit où il l'avait déjà aperçue. Devant l'armurerie de Moissac, en fin de matinée. C'était celle du vieux au fusil à pompe. Heureux hasard. Il se laissa aller à sourire.

Viguie s'acharna et tambourina pendant plusieurs minutes. De guerre lasse, il baissa les bras et se contenta de crier quelques phrases en français.

Le Colombien comprit seulement les mots *motard*, que Néris avait dû prononcer une bonne cinquantaine de fois devant lui, *informations* et *gens*. *La gente. La gente* qui demandait des *informaciones* sur *un motero*. Lui et Néris.

Les imprécations de Viguie ne provoquèrent pas plus de réaction et il finit par quitter les lieux.

Tod laissa la voiture s'éloigner puis retourna voir Néris. Il lui expliqua la situation, ils devaient monter la garde ici pour surveiller le retour des occupants de la ferme, ce qui pouvait prendre du temps, et l'envoya faire quelques courses dans le village le plus proche.

Entre le second coup de fil de Saint-Michel et l'arrivée de Massé du Réaux au *Crowne Plaza*, il s'était écoulé moins de deux heures.

Moins de deux heures pour apprendre que Barrera n'avait toujours pas refait surface et que son chauffeur de taxi — qui s'était révélé difficile à joindre, c'était le week-end — l'avait déposé place du Capitole, peu après minuit. Moins de deux heures pour réaliser que là-bas se trouvait l'hôtel d'Ignacio Araneda, imaginer le pire, secouer le substitut de permanence et obtenir son accord pour que cette disparition soit classée inquiétante et ajoutée à l'information déjà ouverte pour le triple meurtre de Moissac. Cela laissait à la SR le champ libre pour prendre toutes les initiatives nécessaires. Moins de deux heures enfin pour se présenter devant le concierge, se faire expliquer quel était le dispositif de vidéosurveillance de l'hôtel et se planter devant un écran pour essayer de voir ce qui s'était passé la veille.

Au même instant, l'adjudant Crébain s'apprêtait à interroger l'avocat colombien dans sa suite avec d'autres gendarmes. Édouard Rigny ne tarderait pas, il avait été prévenu.

Dans le cagibi qui servait de bureau aux employés de la réception, où se trouvaient également les moniteurs et les magnétoscopes, quelqu'un expliqua à

Massé du Réaux que les caméras ne couvraient que l'entrée et le hall de l'hôtel, le bar, sa terrasse, et les accès du personnel, à l'arrière. Rien dans les étages, rien dans les ascenseurs.

Avance rapide, arrêt au bon time code, lecture.

Barrera fut d'abord repéré en grande discussion avec le barman. Massé du Réaux se fit communiquer l'identité de ce dernier et prévint qu'il faudrait peut-être le faire venir.

Avance rapide, lecture, avance rapide, lecture.

Différentes bandes pour différents points de vue.

Ils reconstituèrent rapidement la chronologie du bref séjour de Barrera, de son arrivée au bar à son départ, où il réapparaissait à la porte de la cage des escaliers de secours, attendait puis se mettait à courir. On le voyait ensuite traverser rapidement l'image enregistrée par la caméra du hall. Sur un autre film, Massé du Réaux assista au retour d'Araneda juste avant qu'il prenne l'ascenseur, suivi de peu par Miguel Barrera. À un moment donné, ils étaient montés tous les deux, l'un après l'autre. S'étaient-ils parlé ?

« Non », lui expliqua l'adjudant Crébain, après son entrevue avec Rigny et son confrère colombien, « il dit qu'il est rentré et qu'il s'est couché tout de suite.

— Et vous le croyez ? »

Crébain haussa les épaules. « Barrera est parti seul, apparemment de son plein gré.

— C'est vrai. » Massé du Réaux examina à nouveau les passages qui montraient la sortie de l'Espagnol, peu de temps après qu'il fut monté. Si conversation il y avait eu, elle avait été très courte.

Le comportement de Barrera était étrange. Il se méfiait puis se précipitait dehors. À ce moment-là, Araneda n'était visible nulle part sur les vidéos. Pour une bonne raison, il était dans sa suite, qu'il n'avait pas quittée de la nuit. Ce n'était donc pas lui que Miguel Barrera craignait ou suivait. Pas lui. Quelqu'un d'autre. Quelqu'un qui aurait pu venir ici, où Araneda logeait. Et ici Araneda connaissait Rigny et... Il n'était pas arrivé seul à Toulouse, il avait un compagnon de voyage. Ce second voyageur, Barrera pensait savoir qui il était, un tueur d'Alvaro Greo-Perez, celui qui avait massacré Saskia Brown.

Et son ami. Le lieutenant-colonel Massé du Réaux fit rembobiner l'enregistrement du hall juste avant la sortie de Barrera. Il repéra l'Asiatique du docteur Guibal au deuxième visionnage et le désigna à Crébain : « Lui. » Il se tourna vers Crébain. « Photos, avis de recherche. Fissa ! »

Fin d'après-midi, il faisait déjà nuit. Une lumière apparut derrière un volet disjoint. Jean-François Néris, transi de froid, fatigué, exaspéré, l'aperçut en premier et la signala à Tod. « Les enculés, ils ont toujours été là ! Pourquoi personne a réagi quand l'autre est venu tout à l'heure ?

— Celui ou ceux qui sont dedans, ils se cachent.

— Tu crois ? De qui ? »

De moi, pensa Tod, même s'ils ne me connaissent pas. Peut-être de ce motard. Peut-être que lui-même est là-dedans en ce moment et se cache. Maison barricadée, nouveau fusil à pompe, beaucoup de cartouches, pas de réponse aux visiteurs, autant d'indications d'une crainte exacerbée. Maintenant, il fallait entrer pour vérifier si son intuition était bonne. Il était primordial de parler aux occupants de la ferme et pour cela, ils devaient être en état de le faire. Pas de casse donc.

Tout à l'heure, en attendant le retour de Néris, Tod avait fait une reconnaissance des lieux. Une seule porte d'entrée, solide, des fenêtres étroites derrière d'épais volets en bois, aucune idée de la disposition des pièces, du nombre de personnes à l'intérieur. Le passage en force, avec deux pistolets dont un manipulé par un amateur, était exclu d'office. « La ruse », marmonna-t-il en espagnol.

« Quoi ?

— D'abord, il faut approcher.

— S'ils se cachent, comme tu dis, et qu'ils sont armés, c'est dangereux. »

Tod n'avait rien dit à Néris, pour le fusil à pompe.

« L'obscurité nous protège.

— Je suis sûr qu'ils sont armés. Par ici, les péquenots sont tous chasseurs, ils aiment pas les rôdeurs. On devrait pas faire ça tous seuls. On pourrait prévenir ma famille, ils seraient là demain et… »

Tod secoua la tête.

« Écoutez, je suis chef d'entreprise, je suis pas fait pour ces choses.

— Tu es avec nous maintenant. Tu fais comme nous.

— J'ai jamais fait la guerre, moi !

— C'est pas ça la guerre. Allons-y », coupa le Colombien.

« Et après ?

— Toujours des questions », sourit Tod, « ne t'inquiète pas, je ne t'envoie pas frapper à la porte. On attend encore un peu. Peut-être quelqu'un sort et on peut rentrer en douceur. Sinon, je coupe le téléphone et on met le feu à la voiture. Là, ils sortent sûrement.

— S'ils ont des portables, ils pourront appeler des secours. »

Tod montra l'écran de son mobile. Pas de réseau. Néris vérifia le sien, pareil.

Ils coururent du hangar branlant jusqu'au tas de pneus. Jusqu'ici le Colombien n'avait pas voulu prendre le risque de traverser la cour en plein jour avec son compagnon. Pas assez discret. Ils rejoignirent la 504 garée à côté du cyclomoteur, devant la grange. Le bâtiment était ouvert. Ils s'y abritèrent, la pluie menaçait de se remettre à tomber.

Le Français dégaina le Beretta de Cannavaro pour se rassurer et se tourna vers Tod. Il jouait avec son couteau sans perdre la maison de vue.

« Combien de temps on patiente ?

— Une heure. Max. »

Trente minutes s'écoulèrent. Tod finit par repartir faire un tour de la ferme.

Néris resta seul. Il sentit bientôt l'odeur d'un feu de cheminée. Puis la porte d'entrée de la maison s'ouvrit. Une silhouette masculine se profila dans la lumière du vestibule. L'homme n'était pas armé. Il vint dans sa direction. Tod ne revenait pas. Néris paniqua. Il recula dans la grange, aussi discrètement que possible, et se glissa avec peine derrière des stères de bois, la cachette la plus proche.

Baptiste Latapie entra, trouva l'interrupteur et alluma les néons du plafond. La lumière blanche clignota avant de se figer, écrasante. Il regardait vers les bûches. Il vit Néris bouger, essayer de se relever tant bien que mal, handicapé par sa grande taille dans l'espace restreint où il s'était lui-même coincé. Là, Baptiste aperçut le Beretta et, sans réfléchir, attrapa l'objet le plus proche, un râteau. Il fonça en avant, l'outil armé dans son dos, comme une batte de base-ball. Il amorça un mouvement circulaire et fit s'abattre les dents de métal sur la main et le poignet qui tenaient le pistolet.

Il y eut un craquement sec. Le Beretta vola. Néris hurla.

Sans perdre de temps, Baptiste prit à nouveau son élan et frappa par le haut. Il visait la tête de l'intrus. Cette fois, le râteau accrocha la charpente de la grange, rebondit et lui échappa. Il se retourna pour le ramasser, se pencha et ressentit une vive douleur à la base du crâne avant de perdre connaissance aux pieds d'un second homme. La dernière image qu'il enregistra avant de sombrer fut celle d'un regard clair, presque luisant.

Stéphanie Petit posa l'assiette en bout de table.

« Coquillettes au beurre. » Le motard y était assis et, pour la première fois, n'attendait pas de les avoir tous mis sous clé pour manger.

« C'est tout ce qui reste. Si vous n'êtes pas content, partez. C'est ce que vous aviez dit que vous feriez, non ?

— Le couteau à votre mari, mauvaise idée.

— Alors punition, c'est ça ?

— Je suis moins doué que vous pour les points de suture. »

Ils se jaugèrent.

« Asseyez-vous. »

Stéphanie ne bougea pas. Elle était debout à droite du motard et surveillait le Glock, posé bien en vue entre elle et lui.

Il commença à manger, fourchette dans une main et morceau de biscotte dans l'autre. « Asseyez-vous, s'il vous plaît.

— Pourquoi ?

— Pour parler.

— J'ai pas envie de parler. Je… je veux que vous partiez. » La voix de la jeune femme faiblit sur les derniers mots, impressionnée par la fixité soudaine du regard de son kidnappeur.

« Assise ! »

Stéphanie obéit. Ses yeux passèrent du pistolet au visage du motard au pistolet.

« Merci. » Le motard n'ajouta rien. Il se contenta d'enfourner des bouchées de pâtes les unes derrière les autres et de mastiquer consciencieusement.

En dépit de tous ses efforts, Stéphanie Petit revenait sans cesse au Glock.

« Tentant, hein ?

— Je ne vois pas de quoi vous parlez.

— Cette arme, c'est la solution à tous vos problèmes. La solution à tous les problèmes. Les gens finissent toujours par penser ça, à un moment donné, question de circonstances.

— Et vous non ?

— Touché », le motard ricana puis redevint sérieux, « c'est bien ce qui me chagrine.

— Vous devez être habitué pourtant.

— Croyez-moi ou pas, ce qui arrive ici, c'est une première. »

Stéphanie regarda encore une fois le pistolet.

« Prenez-le. » Le motard but un peu d'eau. « Vous verrez, il est léger et agréable en main. Allez-y, je ne vous ferai rien. »

La jeune femme se jeta sur l'arme et se releva précipitamment vers l'arrière. Sa chaise bascula. Elle braqua le Glock devant elle, sur le motard, incertaine. « Levez-vous ! »

Pas de réaction.

« Levez-vous, on va aller libérer mon mari ! Debout !

— Non.

— Debout, sinon…

— Sinon quoi, vous me tirez dessus ? »

Ils se dévisagèrent.

« Jusqu'où êtes-vous prête à aller pour sauver votre peau ? Moi, je le sais. C'est pour cela que je vous retiens ici depuis trois jours. Mais vous », le motard avala un dernier bout de biscotte, s'essuya la bouche, « ce n'est pas le genre de question que vous avez l'habitude de vous poser, si ? »

Stéphanie sentit un tremblement monter dans tout son corps.

« Pensez à Zoé, là-haut, et ce sera facile.

— Je vais aller chercher mon mari.

— Vous croyez qu'il le fera à votre place ? Hier, il n'a pas pu.

— Vous l'avez piégé.

— Il n'a pas ça en lui. Vous croyez qu'il a ça en lui ? Vous l'aimeriez encore, s'il avait ça en lui ? »

La jeune femme hésita puis secoua timidement la tête. Sans perdre de vue le motard, elle recula vers le téléphone mural.

« Les gendarmes ? Vous avez raison, s'ils viennent, ils me tueront. Eux ou d'autres. Remarquez, ça arrangerait bien vos affaires. Ça arrangerait les affaires de tout le monde. »

Stéphanie décrocha, écouta le combiné, le lâcha. Pas de tonalité.

« Première chose que j'ai sabotée. Ce serait trop simple. » Un sourire. « Il ne reste que vous. Vous serez mieux pour viser si vous approchez un peu. N'ayez pas peur, c'est vous qui avez le flingue. Approchez-vous. »

Stéphanie ne bougea pas. Ses yeux mobiles, paniqués, humides, fouillaient la pièce à la recherche d'un signe, d'un soutien, d'une solution.

« Approchez, faut pas me louper. Vous allez voir, il suffit d'appuyer. Il y a juste une astuce avec ces pistolets-là. La seconde détente, toute petite, juste sur la plus grosse. C'est la sécurité. Pressez bien les deux à plat avec la première phalange de l'index et tout ira bien. Attention au canon quand même, il va se cabrer. Et approchez-vous. »

Rien.

« Approchez. »

Rien. Le Glock ne tenait pas en place.

« Allez-y. »

Le bras qui visait se raidit.

Le motard ferma les yeux. « Appuyez. »

Rien. Le bras qui visait se plia légèrement au coude.

« Allez-y, c'est l'heure d'assumer.

— Assumer quoi, putain ! » Stéphanie balança l'arme à travers la pièce et loupa de peu la tête du motard. Elle éclata en sanglots et s'adossa à un mur avant de se laisser tomber au sol. « Pourquoi vous êtes venu chez nous ? » Elle se mit à hurler : « Qu'est-ce qu'on vous a fait ?

— Rien. » Le motard se leva et alla ramasser le pistolet. Il le posa sur la table et laissa passer l'orage en allant mouiller un torchon. Il revint s'accroupir devant la jeune femme. Sa blessure le faisait souffrir mais il l'ignora et attendit qu'elle se calme. Puis il lui tendit le linge pour qu'elle se rafraîchisse le visage. « Il faut me croire quand je vous dis que c'est une première.

— Merde », voix larmoyante, « mais vous êtes qui ?

— Personne. Un risque.

— Un risque ? »

Élevé. Le motard regarda autour de lui. « La preuve. » Il soupira. « Des gens, j'en ai tué pas mal. Des bien, des moins bien. Des ordures. Je l'ai fait pour le compte d'autres gens qui estimaient que ces morts étaient nécessaires. Conneries.

— On a quoi à voir avec ces gens, nous ? Pourquoi vous êtes là ? » Stéphanie s'accrocha aux bras du motard. « Vous voulez nous tuer ?

— Non.

— Ne tuez pas ma fille.

— Non. »

Dialogue de sourds.

« Ne lui faites pas de mal. »

Gémissements.

« Ne nous faites pas de mal. »

Il vint des images de moutons, de chiens de garde et de loups à l'esprit du motard. Il ne savait plus à quelle espèce il appartenait, peut-être à aucune des trois. Il dévisagea Stéphanie Petit et ne put s'empêcher de se sentir déçu. Il décida de ne pas lui dire qu'il ne ferait rien à Zoé quoi qu'il arrive. Ni à eux. Il avait encore besoin de cet ascendant-là. Il aida la jeune femme à se relever. « On descend. »

Valéry Massé du Réaux se rendit directement dans la chambre de sa fille lorsqu'il rentra chez lui. Elle dormait.

Sa femme l'y retrouva assis au pied du lit, dans le noir, une main posée à côté de celle de Suzanne. Il grattait la couverture tout doucement. Elle approcha, silencieuse, s'accroupit à côté de lui et murmura à son oreille : « Des nouvelles ?

— Aucune. »

Ils continuèrent à voix basse.

« Rien dans les hôpitaux, nulle part ?

— Rien. On a même demandé aux Espagnols de lancer une recherche sur son portable.

— Et ?

— Ça va prendre un peu de temps, la procédure est assez lourde.

— Ils envoient du monde ?

— Deux officiers arrivent demain matin.

— Et sa famille ?

— Ils s'en occupent. »

Michèle caressa la joue de son mari. « Tu es épuisé. Viens manger. Je t'ai attendu pour dîner et Dieu sait que j'ai subi des pressions pour ne pas le faire. »

Massé du Réaux se tourna vers sa fille endormie et un sourire éclaira brièvement son visage. « J'arrive dans cinq minutes. »

Michèle les laissa seuls.

« *You should eat* (Tu devrais manger).

— *Not hungry* (Pas faim).

— *The ham is great. And the bread seems fresh enough* (Le jambon est excellent. Et le pain semble être plutôt frais).

— *No thanks. Really* (Non merci. Vraiment).

— *Your loss* (Tant pis pour toi). »

Une conversation incompréhensible, sur fond de bruits de couverts, de vaisselle et de mastication. Baptiste Latapie ouvrit les yeux. Son crâne faillit exploser, malgré la faible luminosité. Il avait mal à l'arrière de la tête, bougea quand même un peu pour voir, eut encore plus mal et gémit.

« Il se réveille. »

Deux hommes étaient assis dans sa salle à manger, à sa table. Le grand, celui qui venait de parler en français, se leva et alla se mettre à côté de son compagnon, le Chinois qui mangeait son jambon.

Baptiste se rappela le grand, il l'avait déjà vu. Dans sa grange. Avec un flingue. Il l'avait frappé. Maintenant il avait un bras bandé. Et une attelle de fortune. Le menton de Baptiste retomba sur sa poitrine. La fatigue, la douleur. Il s'aperçut qu'il était nu, debout, attaché bras écartés aux poutres de son salon. Avec sa propre corde. Dans un réflexe, il chercha à pivoter pour dissimuler son sexe.

« Regarde, il est timide », se moqua Tod en anglais. Il considéra un instant le corps usé de leur prisonnier, flasque par endroits, déformé ailleurs, un corps qui avait trop travaillé, sans soin, asséché et parsemé de poils grisâtres. Puis il se leva, saisit le pompe posé devant lui et s'approcha de Baptiste. « Remington 870, bon fusil. » Il se tourna vers Néris. « Traduis. »

Néris s'éclaircit la gorge et s'exécuta.

Tod parla encore.

« Il dit que c'est bien pour la chasse. Ou pour l'intérieur des bâtiments. » Néris fit une pause, écouta. « Ou pour les gens qui ont peur. Vous avez peur ? »

Baptiste, la bouche sèche, sentit des remontées acides dans sa gorge, « donnez », et eut du mal à articuler, « l'eau.

— Il veut de l'eau. »

Tod lui en apporta un verre et l'aida à boire. Ensuite, il reprit le Remington, fit jouer le mécanisme d'armement plusieurs fois, éjecta toutes les cartouches, quatre en tout, et examina la chambre vide. « Tu as peur de quelque chose ? »

Latapie regarda le grand type. Il s'appelait Néris,

ça il l'avait pigé, et ne paraissait pas à son aise, pâle, fatigué, le regard fuyant. Il se passait constamment la main sur son poignet blessé et grimaçait. Baptiste attendit qu'il ait fini de relayer la parole de l'autre. Bien sûr qu'il avait peur. D'eux. Mais il ne leur avoua pas et préféra répondre par une autre question. « Qui êtes-vous ? »

Traduction.

« Des amis à nous sont venus par ici. Ils sont morts. On ne sait pas pourquoi et, tu t'en doutes, on aimerait comprendre. Tu peux nous aider ? »

Traduction.

« Vos amis, je les connais pas.

— Dommage.

— Je suis qu'un paysan. »

Tod se retourna vers la table, attrapa son Ka-Bar, le sortit de son fourreau.

Baptiste se mit à trembler. « Je les ai pas vus, juré ! »

Tod promena la lame sur le torse de Latapie, ses yeux gris plantés dans ceux de son prisonnier. « Tu aimes mes yeux ?

— J'ai rien fait. »

Néris ne dit rien, paralysé, fasciné, métal noir sur peau blanchâtre.

« Néris, traduis ! Tu aimes mes yeux ? C'est un cadeau de mon père. Ce bâtard était allemand. Il a sauvé ma mère quand elle était gamine. Quelques années plus tard, il l'a baisée », Tod ricana, « et cette petite pute l'a laissé faire. Elle l'aimait pas mais elle l'a laissé faire. Elle avait une dette.

— Juste un paysan », gémit Baptiste.

Le Colombien appuya légèrement. La pointe de son poignard s'enfonça sous un téton. Une perle de sang apparut.

Latapie hoqueta puis émit un cri bref.

La perle devint filet. Tod laissa sa lame dériver vers l'extérieur de la cage thoracique, suivant le tracé du muscle pectoral. Il appuya encore, sentit le relief des côtes. Le filet devint traînée et le cri un hurlement continu. Quand le couteau se retira, son intensité diminua. Le hurlement céda la place à un halètement rapide.

Baptiste avala, souffla, aspira, essaya de relever la tête, renonça. Plus voir ces yeux.

« Alors, tu peux toujours pas nous aider ? T'as rien vu, personne ? »

Entre deux respirations affolées, le paysan se débrouilla pour déclarer qu'il ne savait rien, qu'il fallait le croire, qu'il ne demandait rien à personne. Il avait peur de ce que ces gens lui feraient s'ils apprenaient ce qu'il avait vu, alors il se taisait.

Le Ka-Bar réapparut.

« On a fait le gauche, maintenant on va s'occuper du droit. » Tod se tourna vers Néris, du menton, il lui fit signe de traduire. Mais c'était inutile, il le vit dans le regard de Baptiste. Il reposa son couteau sur la poitrine déjà meurtrie et traça une nouvelle entaille.

Baptiste gueula, s'agita, tira sur les liens, poussa sur ses jambes, tourna autant qu'il le put. Pour s'échapper, pour que tout s'arrête.

Tod s'appliquait, imperturbable, relevant la lame à la manière d'un crayon lorsque sa victime bougeait trop. Cette fois, il ne s'arrêta pas après avoir dessiné un circonflexe inversé sous le téton, il délimita un cercle complet. Puis il passa sous la chair et coupa, comme s'il levait un steak. De sa main libre, il attrapa cette tranche pour finir de l'arracher d'un geste sec. Il la jeta au sol.

Latapie se pissa dessus et s'évanouit.

L'odeur d'urine envahit la pièce, Tod soupira. « Prépare de l'eau. Un seau. »

Néris ne réagit pas, il avait détourné les yeux.

« Un seau ! »

Néris fixa un instant le tronc du supplicié et les reflets osseux, sous la pulpe rouge, avant de tituber jusqu'à la cuisine. Il mit un peu de temps à revenir.

Le Colombien examinait son travail. « Dommage qu'on ait pas d'héro.

— Quoi ?

— De l'héro. Héroïne. La drogue. Pour éviter qu'il s'évanouisse. Ils utilisaient l'opium avant. L'héro marche pareil. » Tod tendit la main à Néris. « Passe. » Il vida la flotte sur la tête du prisonnier qui bougea sans revenir tout à fait à lui. Il regarda Néris. « Les yeux, c'est mon père, mais ça », il montra le supplicié, « ça c'est ma mère. Enfin, pas vraiment. La *pobrecita* en savait pas long sur son pays. Elle était petite, quand elle a quitté Nankin, et elle est jamais retournée là-bas. »

Néris eut un haut-le-cœur.

Tod se détourna. « J'ai appris seul. *Leng T'che*, c'est le nom chinois de ce châtiment, la mort par les mille coupures. Réservé aux traîtres et aux meurtriers. » Lui avait commencé à le pratiquer lorsqu'il s'était engagé dans le bataillon d'Alvaro Greo-Perez qui, à l'époque, n'était pas encore Don Alvaro, « juste capitaine. Mais très proche de Castaño, notre grand chef. »

Néris ignora le monologue du Colombien, il fixait le paysan.

« Les Américains nous ont montré comment faire la *psywar*, la guerre psychologique. La base, c'est qu'il faut impressionner, faire peur, tu comprends ? Après, chacun ses trucs. Castaño, c'était la tronçonneuse qui lui plaisait. Plus rapide, pas fatigante. Il aimait bien curer le bide des mecs avec. Moi, j'ai toujours préféré prendre mon temps. Don Alvaro laissait faire, la seule chose qui l'a toujours intéressé, c'est le résultat. » Tod ricana de l'air ahuri de Néris et fit claquer ses doigts pour le ramener au présent. « Tu croyais qu'on était qui, hein ? Ils t'ont pas expliqué ta famille et Cannavaro ? » Il se planta devant Baptiste et acheva de le réveiller par quelques gifles. « Le message doit toujours être clair. »

Latapie cligna des yeux. Il se rappela du feu sur sa poitrine. La douleur revint, il se mit à baver et poussa un long grognement pour essayer de l'évacuer.

Tod le prit par les cheveux et lui releva la tête. « On reprend. »

Plus besoin de questions.

« La voiture. La première voiture. Sept coups de feu. Oui, sept coups de feu. Sept. Sept coups de feu. Ils voulaient le tuer. Ils voulaient tuer l'homme mais c'est lui qui les a tués. Sept. Il a gueulé, il avait mal. Ils voulaient le tuer. Sept fois. Sept fois il a tiré.

— Doucement, doucement. Tu as vu une voiture arriver.

— Oui. » Baptiste déglutit.

Néris approcha.

« Qu'est-ce que tu faisais là-bas ?

— Je… J'étais… Rien. »

Tod montra le Ka-Bar.

« Non ! Le nègre ! Je venais pour le nègre. Pour ses vignes. »

Néris répéta et Tod se rappela des dégâts dans le vignoble situé à la lisière du bois où Javier, Feíto et Ruano étaient morts.

« Pourquoi tu voulais abîmer ses vignes ?

— C'est un… nègre.

— Et tu les aimes pas ? »

Baptiste secoua la tête.

« Il habite où ton singe ? »

Ils écoutèrent, se concertèrent, comprirent qu'ils connaissaient l'endroit pour l'avoir visité. La ferme de la jeune femme au chien. Pas de nègre là-bas, juste la femme, le chien et… un homme. Blanc.

« Tu mens ! » Tod enfonça le couteau dans la chair de Latapie et lui découpa le sein gauche d'un tour de main rapide.

Néris se boucha les oreilles.

« Tu vois, on s'endort pas toujours, hein ? » Tod gifla le paysan de la main qui tenait la chair sanguinolente. « Il y a pas de nègre, là-bas ! »

Le visage de Baptiste était constellé de rouge. Il supplia, supplia, supplia encore. Il tenta de reprendre son souffle, gémit, serra les dents, se mit à transpirer, jura que le nègre y était, là-bas, que lui et ses copains voulaient le faire partir depuis longtemps mais qu'il s'y accrochait, à sa terre, l'autre.

Tod décida qu'il disait la vérité. Il essaya de se souvenir de leur propre visite sur place, se rappela l'agressivité de la femme, le message gravé dans la porte de la grange. *Mort au negre*. Il se le fit expliquer par Néris, réfléchit, se demanda où était le nègre. Il y songerait plus tard.

Il revint à la première déclaration de Latapie à propos de la voiture et lui fit raconter tout ce qu'il avait vu. L'arrivée du Range, l'attente, le conducteur, Feíto, qui sortait et s'éloignait. Et revenait avec un autre homme que le paysan n'avait pas bien vu. Les ordres aboyés, Tod visualisa Javier, les coups de feu, l'attente encore. Et puis le cri de douleur. Et la moto.

« Il y avait donc un motard. Il était seul ?

— Oui. Une autre voiture est arrivée, mais c'était après. » Baptiste demanda à boire.

Tod lui redonna de l'eau. « Après quoi ?

— Après que la moto elle soit partie.

— Combien de temps ?

— Cinq minutes, même pas. »

Tod fixa Néris. « Et elle est partie où, la moto ? » Il connaissait la carte par cœur. « Vers Lafrançaise ? » Une ville qui se trouvait à l'est du bois. Cannavaro et Néris étaient arrivés par là. Ils lui avaient dit qu'ils n'avaient croisé personne.

Le Français hésita, traduisit.

« Non, de l'autre côté. » Baptiste faiblissait, sa tête tomba sur sa poitrine. Un instant, il parut avoir à nouveau sombré mais il se redressa d'un coup, les yeux fous. « Mais elle est pas allée loin ! » Puis il perdit à nouveau connaissance.

L'interrogatoire reprit une trentaine de minutes plus tard. Impossible de ranimer Latapie avant. Tod lui fit tout répéter, essaya d'obtenir quelques précisions supplémentaires sans grand succès, en dépit de nouvelles entailles aux bras et aux jambes, préludes à de futures ablations. Un doute subsistait, Baptiste gardait l'impression que la moto s'était arrêtée assez vite mais n'en était pas sûr. Il saignait beaucoup et s'évanouit une troisième fois.

Néris aurait aimé en rester là mais Tod déclara qu'ils n'avaient pas encore terminé. Il plongea son poignard sous les côtes de Baptiste et trouva son cœur pour l'achever. Puis il annonça qu'il devait finir ce qu'il avait commencé, question de principe.

Néris sortit. Pas envie d'assister à la suite. Il alla s'asseoir seul dans la cour, sur le tas de pneus, se concentra sur les bruits de la nuit. Il avait fermé derrière lui mais entendit quand même. Craquements et suintements, écoulements, grognements de Tod, sous l'effort. Il pensa à sa femme, à ses enfants et se mit à pleurer.

Lorsque Tod rejoignit son compagnon, plus tard, les larmes de ce dernier étaient sèches depuis longtemps. Le *sicario* respira l'air frais quelques minutes avant de se rendre à la grange. Il en revint avec un panier, une hache, il avoua avoir du mal avec les articulations des jambes et le cou, et retourna dans la maison. Il laissa la porte d'entrée ouverte.

Néris le suivit du regard jusqu'à ce qu'il disparaisse à l'intérieur et ne put empêcher les souvenirs de la fille dans la caisse de chantier de remonter à la surface de sa mémoire. Il se leva, commença par s'éloigner de la maison à reculons puis fit demi-tour et se mit à courir. Tod lui avait montré comment démarrer la bagnole sans clé.

Le Colombien réapparut une demi-heure plus tard, fusil à pompe sous le bras. Il chercha Néris, appela, alla jusqu'à l'endroit où ils avaient laissé le break. Il n'y était plus. Il soupira, fataliste. Il devait téléphoner à Don Alvaro pour le prévenir et le laisser décider du sort de Néris.

Tod revint sur ses pas, priant que le pick-up du paysan démarre. Il n'avait aucune envie de faire un tour de mobylette ce soir.

H + 84

La pluie était revenue vers quatre heures du matin.

Les premières gouttes sur le gravier et les carreaux, dehors, avaient tiré le motard du sommeil sans rêve dans lequel il s'était réfugié. Les yeux fermés, il avait écouté longtemps et frissonné avec le bruit de l'eau, réminiscence d'autres sensations, d'autres moments, d'autres lieux. Dans ces souvenirs, il tenait toujours le rôle du chasseur, jamais celui de la proie. Il se laissa somnoler en méditant sur l'avènement de cette brutale inversion de son rapport au monde.

Plus tard, le noir céda la place au gris.

Debout dans la cuisine éteinte, en retrait de la porte vitrée, le motard se mit à surveiller l'extérieur. Le ciel s'éclaircissait au fil des minutes et demeurait couvert. La radio, en sourdine, annonçait une journée détrempée sur toute la moitié sud du pays. Une nouvelle qui l'arrangeait, la vigilance baisse quand il pleut.

Pas de pré ni de champ tout autour, juste des vergers et des vignobles aux plants dénudés, assombris par l'humidité, dressés comme des parterres de barbelés végétaux. Un horizon restreint, qui ne permettait pas de bien voir, juste d'être vu.

Un horizon hostile.

Le sien.

Le motard décida d'attendre la lumière du jour pour se faire un café. Ce matin, il ne voulait pas révéler la moindre activité à l'intérieur de la ferme. Il partirait tout à l'heure, quand il sentirait le moment venu. Curieusement, lui qui avait presque toujours effectué ses missions de nuit s'était trouvé trop vulnérable pour s'aventurer dans l'obscurité.

Une angoisse inédite, une angoisse de victime.

Il se pencha un peu, passa une main sur sa cuisse blessée, tâta, ressentit d'abord une gêne puis une douleur véritable à mesure qu'il serrait. Il s'appuya sur cette jambe, s'accroupit. Elle tiendrait.

La maison, jusque-là silencieuse, vibra et grinça légèrement au-dessus de la tête du motard. Zoé venait de se réveiller. Sortie de son lit, il la visualisa qui marchait à pas de loup vers sa porte pour écouter, l'oreille collée au panneau de bois. L'image lui tira un sourire. Il aurait aimé rester.

Viens chez Baptiste, il y a eu un problème. On nous a appelés…

C'est tout ce que Paul Cathala lui avait dit à l'autre bout du fil. Adrien Viguie venait de se lever, il préparait son petit déjeuner. Il était encore tôt mais il aimait profiter du dimanche matin pour faire sa comptabilité de la semaine. Personne ne risquait de le déranger à ce moment-là.

On nous a appelés...

Paul Cathala était sapeur-pompier volontaire. Pierre Bordes également. Il devait être là-bas lui aussi, chez Baptiste. Pour ce problème forcément grave. Adrien y pensa tout au long du chemin. Grave comment ? Très grave. Trop. La voix blessée de *son Paulo* ne lui avait laissé aucun doute.

Dix minutes pour sortir de sa torpeur matinale, s'habiller et prévenir sa femme, vingt minutes de route sans la moindre prudence. Quand Viguie arriva, la ferme ne fumait presque plus, la cour était envahie. Tous les services de secours habituels étaient là, y compris les gendarmes qui déjà déroulaient un de leurs rubans jaunes autour du lieu du drame.

Ses copains se tenaient à l'écart, ils faisaient grise mine. Bordes avait son casque d'intervention à la main, Cathala une cigarette au bec. Il pleurait ou avait pleuré, la suie sur son visage était parcourue de sillons propres. Il parla en premier quand Adrien Viguie s'approcha d'eux. « Il est mort. » Il ferma les yeux, lutta contre l'émotion qui revenait.

« Qui ?

— Le Baptiste.

— Comment ? Il s'est passé quoi ? »

Bordes répondit, pour laisser du temps à leur ami. « On sait pas. Pas encore. Juste que le feu a pris la maison et qu'il était dedans. On est arrivés trop tard, le feu était déjà au toit. »

Paul Cathala renifla. « Tu parles qu'on sait pas ! On nous l'a tué, oui, ils y ont cramé sa bicoque !

— Qui a mis le feu ? »

Pas de réponse.

« Les gendarmes, ils disent quoi ?

— Ils y connaissent rien, les gendarmes, et ils nous aiment pas !

— T'énerve pas, Paul. » Viguie prit le bras de son pote.

« Bien sûr que j'm'énerve ! On l'a tué, j'te dis ! Il y a vu, lui », Cathala se dégagea et montra Bordes, « à quoi il ressemble le Baptiste maintenant. Il se l'est pas fait tout seul, ça, hein ?

— Il s'est fait quoi ? Je comprends rien.

— Va lui faire voir, toi. Moi j'peux pas. »

Bordes garda le silence et fit signe à Viguie de le suivre. Ils se frayèrent un chemin entre les véhicules d'intervention et s'arrêtèrent au Rubalise. Les gendarmes ne laissaient plus personne aller plus loin. Les deux hommes contemplèrent un moment la maison ravagée puis Bordes montra quelque chose, au milieu des décombres, à une dizaine de mètres.

Adrien mit quelques secondes à réaliser ce qu'il voyait.

Une tête noircie, brûlée sur tout un côté jusqu'à la surface du crâne, posée sur un monticule. Il eut du mal à reconnaître Latapie dans le peu de visage qui avait été épargné par les flammes. Quelques touffes de cheveux blancs l'aidèrent un peu, ainsi que la ligne de la pommette, peut-être l'arche du sourcil, l'œil à moitié ouvert. Il réalisa que le monticule lui-même n'était pas ordinaire. Il avait sous les yeux un tas d'homme, un tas d'homme dont les membres n'étaient plus à la bonne place. À commencer par la tête, détachée du reste.

Viguie porta une main à sa bouche mais ne put se retenir, il se retourna pour vomir, se vida, puis laissa Bordes l'entraîner loin de là.

Cathala repartit à l'attaque dès qu'ils le rejoignirent. La tristesse avait cédé la place à la colère. On lui avait assassiné son Baptiste, il était d'accord Adrien, hein ? Les gens y brûlaient pas débités en morceaux dans les feux d'habitude, hein ? Il fallait faire quelque chose.

« Tu veux faire quoi ? » demanda Viguie dès qu'il se sentit mieux.

« Mais aller trouver celui qui a fait ça, bon Dieu, et lui faire payer !

— Tu sais qui c'est ?

— Ouais, et toi aussi.

— Moi ?

— Oui, toi ! T'as oublié, comment il était le Baptiste, depuis trois jours ?

— Non, mais je vois pas…

— Il a fait quoi, il y a trois jours, Baptiste », Cathala agita son index sous le nez de Viguie, « chez qui !?

— Il est allé chez Omar Petit.

— Chez le nègre, exact ! »

Bordes interrompit leur échange pour les faire baisser d'un ton. Ils commençaient à attirer l'attention des gens autour d'eux. Ils s'écartèrent un peu avant de poursuivre.

« Il va chez le nègre et après il se cache ? Et toi

ça te gêne pas ? Toi-même tu m'as dit que quelque chose lui foutait la trouille.

— Oui, je m'en souviens.

— Je suis sûr que c'est l'autre. Faut qu'on aille lui faire cracher le morceau !

— Attends, attends. Écoute, tu sais que je l'aime pas, Petit, mais là, tu vas trop vite.

— Non, j'suis sûr que c'est à cause de lui !

— Tu oublies les deux gars qui sont venus au bar hier.

— Ceux qui cherchaient le motard ?

— Oui, Baptiste aussi, il nous a parlé d'un motard. Moi, je crois que c'est de lui ou de ces deux types qu'il avait peur.

— Ce motard, il était bien vers chez le nègre, non ? Moi j'te dis que c'est cet enculé de macaque qui a appelé des copains pour l'aider.

— Il a pas de copains.

— T'en sais quoi ? » Cathala dévisagea Viguie. « Rien, que dalle, t'en sais rien ! Moi je dis on y va et on lui parle. » Il se tourna vers Bordes : « T'en es ?

— J'en suis.

— Et toi, Adrien ?

— Réfléchis, Paul.

— À quoi ? Ils nous piquent nos terres, on aura bientôt plus rien ! Et maintenant ils nous tuent un copain ?

— Tu peux pas faire ça.

— Je vais me gêner !

— T'es trop chaud, Paul, faut que tu te calmes. Il y a la gamine.

— Rien à branler !

— On en parle aux gendarmes, si tu veux.

— Ah ouais ? Et tu vas leur dire ce qu'il foutait là-bas, Baptiste, il y a trois jours ? Et pour nous, pour toi, tu vas leur dire quoi ? C'est les trouillards et les couilles molles qui vont aux gendarmes.

— Ferme ta gueule ou alors c'est moi qui te la fais fermer !

— Ah ouais ? Vas-y ! Allez ! » Cathala se colla à Viguie et le foudroya du regard. « T'es qu'une merde. » Il se tourna vers Bordes. « On passe à la maison, c'est sur le chemin. On en profitera pour appeler Gaétan. »

Adrien Viguie tenta une dernière fois de les arrêter. « Attends, Paul, tu vas faire quoi chez toi ?

— Prendre un fusil. »

C'était une aire de repos située dans un virage, sur la N113, quelques kilomètres avant Castelsarrasin. À cet endroit, la nationale traversait une forêt. Il n'y avait pas vraiment de parking et la route de dégagement n'était pas goudronnée, juste couverte de gravillons. Seuls éléments de confort, trois tables en bois épais, grossièrement taillé, chacune agrémentée de deux bancs, installées sur un îlot herbeux. Même pas de toilettes. Pour se soulager, ceux qui s'arrêtaient devaient aller se cacher derrière les arbres, le long d'un chemin qui s'enfonçait dans le bois. Et ils étaient nombreux à le faire, à en juger par la quantité de petites taches blanches et roses qui constellaient le sol en retrait de la lisière.

Massé du Réaux tordit le nez, pas à cause de

l'odeur, la pluie qui tombait étouffait tout, mais parce qu'il imaginait tous ces gens accroupis là, pantalon sur les chevilles, en train de se vider. Une image déplaisante.

Une goutte d'eau tomba d'un arbre, entra dans le col de son parka et le fit frissonner.

« Par ici, mon colonel. » L'adjudant Crébain, visage fermé, ouvrait la marche.

Ils dépassèrent deux techniciens en combinaisons blanches qui repartaient vers la route, saluèrent les gendarmes qui montaient la garde à l'entrée de la scène de crime, l'un d'eux souleva le Rubalise pour les laisser passer, finirent par s'enfoncer entre les troncs, à l'écart du sentier, en direction d'un autre groupe de spécialistes de l'Identification criminelle.

« C'est le couple d'Allemands que vous avez croisé en arrivant qui l'a découvert. Le mari était venu jusque-là pour… il avait envie de, enfin, vous m'avez compris. »

Massé du Réaux acquiesça. Tout une vie d'abnégation, de travail acharné et de risque, souvent sans la moindre reconnaissance, pour finir dans un sous-bois et manquer de se faire chier dessus par un Teuton en short. Cette pensée le révolta. « Ils l'ont trouvé à quelle heure ?

— Vers huit heures. »

Ils approchaient. Massé du Réaux sentit sa colère monter en flèche. « Qu'est-ce qu'ils foutaient dans le coin si tôt, vos putains de touristes ?

— Ils ont roulé de nuit pour rejoindre une baraque qu'ils possèdent dans la région.

— Vous vérifierez.

— Je ne crois pas que ce soit la peine.

— Vous vérifierez ! » Massé du Réaux fixa longuement Crébain. Pas tout de suite, il ne voulait pas regarder tout de suite. Pas voir le corps.

« Oui, mon colonel. »

Miguel Barrera était couché sur le ventre. Il avait le visage très pâle, tourné vers la gauche, les yeux ouverts, surpris, sur une vieille boule de papier hygiénique sale. Ses cheveux étaient humides et plaqués sur son crâne, et sa barbe complètement défrisée sur son visage. Son bras droit filait le long de son corps, l'autre reposait à moitié sur une souche pourrie. Il avait atterri dans cette position les jambes serrées, les pieds en dedans.

L'adjudant crut bon de commenter. « Il est là depuis au moins vingt-quatre heures. »

Massé du Réaux l'entendit à peine, sa voix était lointaine.

Les fringues de l'Espagnol étaient détrempées, partiellement couvertes de brindilles et d'autres débris végétaux, autant de signes qu'il avait effectivement passé du temps ici. La mise de son trois-quarts en cuir, abaissé au milieu du dos, la poche intérieure droite retournée, indiquait que quelqu'un l'avait fouillé.

« On a retrouvé son portefeuille avec sa carte de la *Guardia Civil*, des cartes de crédit, de fidélité, de vidéoclub, deux photos de sa femme et de ses gosses, tout le toutim, par là. » Crébain montra un amas de ronces, à quelques mètres du cadavre.

« Il avait encore de l'argent sur lui ?

— Oui. Pas touché. »

À la hanche de Barrera, sous le cuir, Massé du Réaux devina une bosse, le holster. « Son arme ?

— Volée. Les deux chargeurs supplémentaires aussi.

— Comment on l'a tué ? »

Crébain interrogea l'un des techniciens du regard et reçut un hochement de tête en guise de feu vert. Il s'accroupit à côté du corps, prit un stylo dans l'une de ses poches, montra une tache brune qui s'étalait dans le dos du pull gris clair de Barrera, puis souleva légèrement le trois-quarts pour le replier vers les épaules. Une entaille horizontale de quatre centimètres de large apparut.

Massé du Réaux estima que lorsque le vêtement était en place, la blessure devait se situer juste sous la ligne des omoplates, légèrement à gauche. « Un seul coup ?

— Oui.

— Du travail de pro.

— Comme à La Mouline.

— Un pro du couteau.

— Le gars de la vidéo ?

— Et du chantier. Ils étaient bien deux, là-bas ?

— Oui.

— Et ici ?

— Impossible à dire, trop de passage. La Mouline, c'est eux aussi ?

— Je n'en sais rien.

— C'est qui, ces gens, mon colonel ? »

Haussement d'épaules.

« Je veux dire, ce qu'ils font, c'est… Ça s'arrête où ? Comment on fait ?

— Comme d'habitude, il faut les trouver et les enfermer.

— Vous croyez qu'ils se laisseront faire ?

— Il faudra bien. » Massé du Réaux garda le silence quelques instants. « Dites, Crébain, vous ne trouvez pas qu'entre Toulouse, ici, le chantier sur la route de Cahors et Mercuès, on tourne beaucoup autour de la première scène de crime, à La Mouline ?

— Affirmatif, mon colonel. Et ce n'est peut-être pas fini. »

Massé du Réaux fronça les sourcils.

« Je ne veux pas trop m'avancer mais... » Crébain hésita.

« Allez-y.

— L'aire de repos », du pouce, l'adjudant la montra derrière lui, « elle est située du côté de la N113 qui va de Toulouse à Castelsarrasin. Barrera disparaît à Toulouse.

— Oui.

— À mon avis, les suspects l'ont largué ici dans la nuit de vendredi à samedi quand ils remontaient vers le nord.

— Vous avez vérifié si les brigades locales avaient signalé des incidents sortant de l'ordinaire entre hier et aujourd'hui ?

— Pas encore, mon colonel.

— Faites-le, s'il vous plaît. »

Crébain se leva et retourna vers les véhicules.

Valéry Massé du Réaux demanda aux techniciens de le laisser seul cinq minutes. Il les suivit des yeux tandis qu'ils rejoignaient les autres gendarmes et aperçut une berline grise qui quittait la route et se garait. Le procureur en personne en descendit. Le lieutenant-colonel ne doutait pas une seconde du genre de remarque qu'il allait entendre dès que le magistrat serait là, ni de l'utilisation qui pourrait être faite de ce regrettable incident, néanmoins très opportun, au cours duquel un officier étranger placé sous la responsabilité de la SR était mort. Massé du Réaux le laisserait dire, il se sentait responsable. Et triste. Barrera et lui n'avaient pas eu assez de temps.

Adrien Viguie était rentré à Moissac dans un état second, sans ressentir quoi que ce soit, sans se rappeler le moindre détail du trajet de retour, sans passer par son bar. Il ne s'en rendit compte qu'une fois sur le parking de sa résidence, garé à son emplacement personnel. Il coupa le moteur et resta dans sa voiture une dizaine de minutes, un quart d'heure, peut-être plus, à contempler les gouttes de pluie qui ruisselaient sur son pare-brise.

Au bout d'un moment, il se pencha, essuya la buée qui envahissait la vitre et leva le nez en direction de son appartement, au deuxième étage. Son salon, ouvert sur un large balcon, était allumé.

Sa femme apparut derrière la porte-fenêtre, en robe de chambre, tenant un bol avec ses deux mains. Son bol. Bleu à l'extérieur, blanc à l'intérieur, tout plein de fissures. Café au lait, deux sucres, sans peau. Elle le sirota, regard sur l'horizon, puis baissa les yeux vers lui, le vit et lui fit un signe auquel il ne répondit pas. Il se contenta de lui sourire, sans savoir si elle avait pu voir sa mimique. « On ne fait jamais assez attention », pensa-t-il tout haut.

Adrien Viguie remit le contact. La gamine, il ne se le pardonnerait pas.

Le motard termina sa tasse de café, attrapa son sac à dos et le posa sur la table de la cuisine. Il l'ouvrit et étala consciencieusement le contenu devant lui pour en faire l'inventaire. P90 équipé d'une visée Reflex jour/nuit et d'un pointeur laser, silencieux pour le P90, magasins de rechange, trois, munitions pour le Glock, cinquante, kukri, petit matériel dont deux téléphones portables prépayés anglais, argent liquide, euros et dollars, un peu d'or… Et trois sacs Ziploc contenant chacun un jeu de faux papiers, passeport, carte d'identité, permis de conduire, cartes de crédit. L'un belge, fourni il y a longtemps par d'autres, à n'utiliser qu'en dernier recours, et deux français qu'il s'était procurés lui-même en usurpant les identités de l'une de ses connaissances et d'un voisin. Un vol, plusieurs fouilles de poubelles et un peu de chance lui avaient suffi pour récupérer dates et lieux de naissance, afin de faire établir des actes du même nom, et des factures EDF, pour la domiciliation. Deux déclarations de perte de papiers et quelques passages en préfecture plus tard, il était muni de vrais documents falsifiés avec lesquels il avait pu notamment ouvrir plusieurs comptes en banque.

Toutes précautions envisagées de longue date.

Satisfait, le motard se lança dans un démontage

sommaire du P90, le nettoya pour le principe, le lubrifia avec de l'huile de paraffine trouvée dans la cuisine, pas idéale mais il n'avait rien d'autre, l'assembla à nouveau, vérifia plusieurs fois le mécanisme d'armement et les organes de visée, et réengagea un de ses chargeurs translucides le long du corps de l'arme. Il contenait des 5.70 subsoniques, comme ses trois petits camarades, à cause du silencieux. Il régla le sélecteur de tir en position sécurité et arma une dernière fois le pistolet-mitrailleur.

Il fit subir le même sort à son Glock puis remit toutes ses affaires dans le sac. Il y ajouta un nécessaire de premiers soins constitué à partir de la pharmacie des Petit. Il ne garda avec lui que son argent. Après avoir compté cinq mille euros, qu'il mit à part, il récupéra l'équivalent en dollars, attacha tous ces billets ensemble avec un élastique et rangea le reste. Il alla mettre la liasse dans le tiroir à couverts du buffet. Là, il récupéra les clés et les papiers de la voiture des Petit, trouvés deux jours plus tôt en fouillant la maison, et les remplaça par ceux de sa moto. La somme qu'il laissait compenserait largement la perte de leur vieille Supercinq Five.

Il descendit à la cave.

Omar Petit dormait, tête penchée sur le côté. Il se réveilla lorsqu'il entendit les pas dans l'escalier. Stéphanie s'agita également.

Le motard leur retira bandeaux et baillons. « Je m'en vais avec votre voiture. Je vous laisse ici, attachés. Zoé restera à l'étage, enfermée dans sa chambre. Dans deux heures, quand je serai à Perpignan, je téléphonerai à la gendarmerie de Moissac pour leur dire de venir vous libérer.

— On veut voir notre fille.

— S'il vous plaît », plaida Omar entre ses lèvres meurtries.

« Pas question.

— Laissez-nous la voir.

— Vous l'avez tuée, vous l'emmenez ?

— Pourquoi on peut pas la voir ? »

Le motard les laissa se calmer puis reprit la parole. « Je mettrai la clé de sa chambre avec les couverts, dans la commode de la cuisine. Plus que deux petites heures. » Il s'apprêta à partir, se ravisa. « Une dernière chose. Votre fusil est caché dans l'étable, derrière ma moto. Les cartouches aussi. Récupérez-le une fois que vous serez libres, que la petite ne se blesse pas avec. » Il monta trois marches et s'arrêta encore, cette fois sans se retourner. « Pardon pour tout ça. Vous n'entendrez plus parler de moi. »

Le motard remonta et verrouilla la porte de la cave derrière lui, sans ôter la clé de la serrure. Il se rendit ensuite à l'étage et s'arrêta devant la chambre de Zoé. Il réfléchit quelques instants, frappa et ouvrit, fit un pas à l'intérieur de la pièce.

Zoé l'attendait, assise sur son lit.

Ils s'observèrent.

« Je m'en vais. »

La fillette bougea à peine.

« Tes parents sont à la cave. Ils vont bien. » Le motard s'éclaircit la gorge. « Tu vas rester ici encore un peu. Après, quelqu'un viendra vous sauver et tout sera fini. » Il attendit mais la gamine ne parla pas. Il recula, fit demi-tour pour partir.

« Il est où, 'Aj ?

— Dans l'étable, à l'abri.

— Tu lui as donné à manger ?

— Oui.

— Comment tu t'appelles ? »

Le motard regarda longuement Zoé. « Ronan.

— Ro-nan.

— Oui.

— Tu as une famille ? »

Pas de réponse.

« Ils sont où, ta famille ?

— Loin.

— Tu vas les voir ?

— Peut-être.

— Tu vas pas nous faire du mal ?

— Non. » Le motard referma derrière lui. Il redescendit à la cuisine, rangea la clé de la chambre de Zoé dans le tiroir, s'habilla puis sortit.

Attendre. Quatre heures. Enroulé dans cette bâche en plastique marron, couché au milieu d'un verger. Sous la flotte, fatigué, l'impatience grandissante. Dans le froid. Il n'aimait pas le froid. Jamais il ne vivrait dans un pays froid. Attendre derrière ses jumelles, avec ses yeux qui brûlaient, parce que cela faisait partie du boulot. Attendre pour comprendre une anomalie. Une ferme encore endormie. Une ferme qui dormait tard. Une ferme qui ne se comportait pas comme une ferme. Les paysans, ça se lève tôt, partout.

Tod bâilla. Longue nuit. Bien remplie. Un interrogatoire, un incendie, un passage éclair et par effraction à son hôtel pour faire disparaître ses traces, évidemment Néris n'y était pas, trajet jusqu'ici et depuis, l'éveil nocturne, l'attente.

Elle pouvait avoir des dizaines d'explications cette anomalie. La plus évidente, il n'y avait personne dans cette ferme. Une autre, quelqu'un voulait faire croire qu'il n'y avait personne dans cette ferme. Une autre encore, il n'y avait personne de vivant dans cette ferme.

Encore fallait-il que cette ferme eût le moindre intérêt pour lui.

Latapie avait pu se tromper, il s'était probablement trompé, la moto ne s'était pas arrêtée ici. Tod imaginait mal qu'un pro pût encore traîner à proximité du lieu d'exécution de son contrat trois jours après l'avoir rempli.

Lui ne l'aurait pas fait.

Mais tout le monde n'était pas lui. Et le monde ne voyait pas les mêmes anomalies que lui.

Il retira un gant, sortit une main de sous la bâche pour récupérer un peu d'eau de pluie, se rendit compte qu'il ne pleuvait plus et se contenta de frotter l'extérieur de la toile pour mouiller sa paume.

Il s'humidifiait le visage quand il entendit le claquement. Une porte. La campagne était silencieuse, alors ce seul bruit, terriblement humain, voyagea loin.

Dans ses jumelles, Tod vit un homme traverser la cour de la ferme en direction du bâtiment sur lequel était gravé ce *Mort au negre* qu'il avait remarqué lors de sa première visite. Cet homme portait un sac à dos de taille moyenne à l'épaule. Il était vêtu de cuir noir de la tête aux pieds. Une tenue parfaite pour faire de la moto. Et il était blanc. Cette seconde anomalie jetait une lumière particulière sur la première. Complices, prisonniers, morts ?

Le motard ouvrit en grand les portes de l'étable. Le motard disparut à l'intérieur. Le motard fit démarrer quelque chose.

Tod roula hors de la bâche. Il empoigna le fusil à pompe et se mit à courir vers la 504 pick-up volée à Latapie. Il l'avait garée à l'abri des regards, dans un chemin de traverse qui croisait la route cinq cents mètres plus loin. C'est là qu'il intercepterait sa victime.

« Regarde ! » Pierre Bordes, assis sur la banquette arrière à côté de Louis Fabeyres, le frère de Gaétan, lâcha son fusil de chasse d'une main et pointa du doigt devant lui. Une voiture venait vers eux. « C'est pas la caisse aux Petit, ça ?

— Si, on dirait bien », confirma Paul Cathala au volant. « J'vais la stopper ! » Il fit dériver son break vers le centre de la route.

« Attends !

— Quoi ? » Cathala se tourna brièvement vers Gaétan, assis à sa droite.

« C'est pas le nègre.

— Quoi c'est pas le nègre ?

— C'est pas lui, j'te dis. Il est blanc, le conducteur. »

Dans le doute, Paul Cathala braqua à gauche pour

laisser le passage. Les deux véhicules se croisèrent. Les trois paysans dévisagèrent le conducteur de la Supercinq qui leur renvoya leurs regards.

« Il venait de chez le nègre ?

— J'en sais rien. » Pierre Bordes se retourna. La Renault s'éloignait sans ralentir. Elle disparut bientôt sur la gauche.

« Qui tu crois que c'était », demanda Gaétan Fabeyres à son voisin, « un des gars du bar ?

— Je crois pas. Mais c'était pas le nègre. » Cathala ralentit et s'arrêta devant le portail des Petit. « On y est. »

Les quatre hommes attendirent quelques instants puis sortirent. Ils étaient tous armés.

« Évidemment, il va falloir que je m'entretienne avec votre hiérarchie de ce regrettable incident.

— Évidemment. » Massé du Réaux laissa son attention dériver vers la route. Des gens avaient commencé à s'arrêter pour assister au spectacle. Il reconnut une tête familière.

Le procureur, curieux, regarda à son tour. « Un problème, colonel ?

— Aucun. Je réfléchissais à ce que j'allais raconter au journaliste de *La Dépêche* qui vient d'arriver. La prudence est de mise. J'ai entendu dire que certains s'intéressaient déjà aux raisons, légitimes, qui ont poussé le Parquet à faire preuve de tant de bienveillance à l'égard de maître Rigny et de son client colombien.

— Ah ?

— Oui, mieux vaut éviter que cette bienveillance puisse être mal interprétée. Ou passe pour une maladresse voire une faveur », Massé du Réaux fit face au magistrat, « et que l'on fasse le lien avec la mort du capitaine Barrera.

— Je ne vois pas comment.

— Moi non plus. Mais dans le contexte actuel, avec le procès qui va se tenir le mois prochain, de telles allégations, aussi infondées soient-elles, seraient écoutées. Et malvenues. »

Les deux hommes s'observèrent sans rien ajouter.

Leur échange silencieux fut interrompu par l'adjudant Crébain. Il désirait parler avec son commandant d'unité. « Moissac.

— Eh bien ?

— Cette nuit, un incendie, dans une ferme. Le paysan était dans sa baraque mais il n'a pas été tué par le feu. Il était vraisemblablement mort avant. Découpé, comme la fille.

— Il faut se rendre sur place. » Massé du Réaux se dirigea vers l'aire de repos.

Crébain suivit. « Il y a autre chose. La ferme appartenait à un dénommé Baptiste Latapie. Le nom vous dit quelque chose ?

— Vaguement. » Massé du Réaux fouilla sa mémoire, comprit. « L'affaire Petit, l'un de nos suspects ? »

L'adjudant acquiesça. « Deux de ses copains paysans, les deux pompiers volontaires qui étaient également dans notre collimateur, sont intervenus sur le sinistre.

— Cathala et… l'autre, je ne me souviens plus de son nom.

— Bordes, Pierre Bordes. Pour d'obscures raisons, ils se sont mis en tête qu'Omar Petit était responsable de la mort de Latapie. Ils sont partis chez lui pour se venger.

— D'où tenez-vous ça ?

— Une de leurs connaissances, Adrien Viguie. Il figure aussi dans notre dossier. Il s'est présenté de son plein gré à la brigade de Moissac pour les dénoncer. J'étais en ligne avec eux quand il est arrivé.

— Quelqu'un a prévenu les Petit ?

— Pas de réponse au téléphone. Ils ont envoyé une patrouille sur place.

— Vous, vous terminez ici. » Massé du Réaux se mit à courir. « Moi, je vais à Moissac. Je vous rappelle une fois là-bas. »

Tod rejoignit la route, il roulait au pas. Personne n'était passé devant lui. Personne ne passa devant lui pendant la minute qui suivit. Le motard avait disparu, une impossibilité. Pas en si peu de temps. Il aurait au moins dû l'apercevoir au bout du chemin sur lequel lui-même avait caché sa voiture.

Tod prit la direction de la maison des Petit et, une centaine de mètres plus loin, vit la Supercinq arrêtée sur le bas-côté. Elle semblait abandonnée.

Il stoppa net, observa les environs.

Un pré sur sa gauche, puis des vergers de part et d'autre, et une corne de bois, à droite, derrière laquelle se trouvait l'exploitation. Pas âme qui vive.

Il se gara à son tour, prit le Remington et quitta le pick-up de Latapie. Il commença à longer les cultures, du même côté que la Renault, au petit trot, fusil à pompe braqué devant lui. Arrivé à une dizaine de mètres de son objectif, Tod fit une nouvelle pause et mit un genou à terre.

Il attendit, surveilla.

Rien.

Il s'approcha un peu plus, fouilla le véhicule. Totalement vide. Le motard restait hors de vue. Tod regarda en direction de la ferme. Elle n'était pas loin mais hors de vue à cause des arbres. Il se remit en marche, resta sur le bitume. Il ralentit un peu pour franchir un léger virage sur la droite et ne tarda pas à remarquer le break de Cathala. Il ralentit encore et releva le canon de son arme.

Paul Cathala et ses trois compagnons avancèrent jusqu'à la porte de l'étable, entrebâillée. Ils s'arrêtèrent un instant devant la menace gravée dans le bois.

« *Mort au negre*. Je l'avais oubliée, celle-là. Pierre, tu sais vraiment pas écrire. »

Ils se marrèrent puis Bordes entra. « Tiens, tiens, regardez-moi ça. » Dans l'obscurité, il venait de reconnaître la forme d'une moto sous une bâche. « Il a une bécane, Petit ?

— Pas que je sache.

— J'ai toujours su qu'il était dans le coup », lança Gaétan Fabeyres en tirant d'un geste sec sur la toile de plastique qui couvrait l'engin, « cet enculé ! »

Xaj apparut derrière le deux-roues et bondit vers lui. Ses crocs claquèrent dans le vide et il repartit en arrière, retenu par une corde qui l'empêchait de sauter sur les quatre intrus. Il se mit à aboyer sans discontinuer.

Fabeyres épaula son fusil. « Con de chien, tu vas voir ! »

Cathala l'arrêta. « Laisse tomber, on n'est pas là pour ça.

— Qu'est-ce que t'en as à foutre de son bâtard à l'autre ?

— Tu laisses ce clebs tranquille, je tue pas les chiens. »

Ils sortirent et se rendirent à la maison. Derrière eux, le berger allemand gueulait toujours. Pas très sûr de ce qu'ils devaient faire, Pierre Bordes frappa au carreau de la cuisine.

« Ça va pas, non ? » Paul Cathala le repoussa et ouvrit. « On y va. »

Ils le suivirent tous à l'intérieur sauf Louis Fabeyres, à qui son frère demanda de rester dehors, pour surveiller.

« Je suis venu ici plein de fois, quand j'étais gamin », se souvint Bordes, « mon père était bien avec les Dupressoir, à l'époque.

— Dommage que la fille Dupressoir t'ait pas marié. » Cathala fouilla dans les placards.

Gaétan Fabeyres se pencha au-dessus de l'évier pour boire au robinet. « T'étais trop moche. »

Nouveaux éclats de rire.

« Il y a personne ici.

— Où qu'ils sont, à votre avis ? »

Bordes haussa les épaules. « J'en sais rien mais là, c'est la cave. » Il montra la porte derrière lui, voulut l'entrouvrir. Fermée à clé. La clé était dans la serrure.

« Et alors, tu crois qu'ils se cachent en bas ? » Paul Cathala s'était approché de la commode. Il posa sa main sur le bouton de cuivre du tiroir des couverts puis le lâcha, « viens Gaétan », et fit signe qu'il allait monter, « on va aller jeter un œil là-haut nous deux ». Il entra dans le vestibule et s'engagea dans l'escalier, Fabeyres sur les talons.

Ils avancèrent dans le couloir du premier et stoppèrent net lorsqu'ils crurent entendre un bruit sur leur gauche. Un bruit léger puis plus rien.

« Chambre ?

— Sûrement. »

Cathala essaya la poignée. « Fermée.

— Pas de clé. »

Hé, venez voir ! La voix de Bordes les rappela en bas. *Venez voir !* Ils hésitèrent puis redescendirent et rejoignirent leur ami à la cave. Il était debout entre Omar Petit et sa femme, toujours ligotés.

« Et alors, qu'est-ce qui se passe ? » ricana Fabeyres.

Stéphanie bougea. « Libérez-nous.

— Pour quoi faire ?

— On a été agressés.

— On va d'abord faire un brin de causette. » Cathala s'approcha d'Omar et lui donna un coup de pied dans les jambes. « Qui c'est qui t'a arrangé comme ça ? » Il se pencha vers lui et regarda son visage tuméfié. « Alors, tu peux plus parler ? »

Stéphanie s'apprêtait à lui dire de laisser son mari tranquille quand le premier coup de feu retentit, étouffé, un peu éloigné. Il fut immédiatement suivi d'une seconde détonation, plus proche. Très proche.

Les trois paysans se précipitèrent au rez-de-chaussée.

Le motard vit trois des quatre hommes pénétrer dans la maison. Le dernier resta en retrait, pour faire le guet. Ils étaient tous armés.

Il se trouvait à la lisière du bois et s'agenouilla pour fouiller dans son sac à dos. Il prit le P90, vissa rapidement le silencieux sur le canon et passa la sangle de l'arme autour de son buste. Il l'ajusta près du corps. Il récupéra ensuite un couteau miniature fiché dans le fourreau du kukri, destiné aux tâches vulgaires, et le rangea dans la poche de son blouson.

Du coin de l'œil, il surveillait le guetteur qui traversait la cour en direction du portail. L'homme s'alluma une cigarette.

Le motard tâtonna dans son sac à la recherche d'un second chargeur de 5.70. Sa main se posa sur son baladeur, hésita puis le laissa. Il glissa le magasin de P90 supplémentaire dans son dos, à côté de son Glock, et remit son sac sur ses épaules.

Il courut vers la ferme, fusil d'assaut braqué vers la cour. Il se colla au mur, se pencha légèrement derrière l'angle du bâtiment et constata que le fumeur ne l'avait pas vu, il lui tournait le dos.

Accroupi, il longea l'arrière de la ferme jusqu'à la seconde fenêtre du rez-de-chaussée, celle du bureau, et s'arrêta juste en dessous. Le volet était fermé mais pas aussi bien que tous les autres. Le motard le savait, il l'avait volontairement laissé ainsi pendant son séjour, pour le cas où il aurait dû fuir en catastrophe.

Il récupéra son couteau dans son blouson et engagea la lame dans la jointure, entre les deux panneaux de bois qui occultaient la fenêtre. Il trouva l'espagnolette et força vers le haut d'un coup sec. La butée de métal pivota et libéra le volet.

Le motard s'apprêtait à frapper la vitre de son poing ganté pour la briser lorsque le premier coup de feu retentit, loin de l'autre côté de la construction. Il cogna, le verre se brisa, la seconde détonation claqua, plus proche.

Le motard débloqua la fenêtre et entra.

Tod remonta la route jusqu'à la ferme des Petit. Alors qu'il arrivait à la hauteur du break de Cathala, il aperçut un homme seul qui traversait la cour en direction de la maison. Il fumait et avait un fusil de chasse sanglé à l'épaule.

Tod siffla et l'homme se retourna, surpris de découvrir que quelqu'un le braquait. Il eut le temps d'empoigner son arme et de commencer à l'abaisser avant que Tod ne l'abatte. Dans un ultime réflexe, l'homme tira en l'air.

Tod réarma, fit encore quelques pas prudents vers le portail et vit trois autres types sortir en courant de la maison. L'un d'eux le visa immédiatement et ouvrit le feu. Il plongea derrière la voiture et entendit les plombs voler au-dessus de sa tête avant de riposter.

Ses trois adversaires se séparèrent. L'un d'eux partit vers la gauche et se glissa derrière un muret calciné. Deux autres sprintèrent vers l'étable, à sa droite.

Tod les alluma en premier et Gaétan Fabeyres s'effondra à quelques mètres de son frère.

Dans un dernier sursaut, Paul Cathala parvint à s'abriter dans le bâtiment. Il colla son dos à la porte de bois, terrorisé. Xaj surgit devant lui en montrant les dents et aboya. Le paysan, surpris et paniqué, le tua d'une décharge de chevrotines. Le corps disloqué de l'animal alla se coller à la paroi d'un enclos, au milieu d'une gerbe de sang noirci.

À cause de la détonation, les oreilles de Cathala vibrèrent douloureusement.

Dehors, la fusillade se poursuivit en sourdine pendant une longue minute, cinq ou six coups de feu furent échangés, peut-être plus, puis il entendit un râle de douleur. Puis plus rien.

Les bourdonnements s'estompèrent.

La construction craqua autour de lui. Ses mains, serrées sur son fusil, tremblaient, il n'osait pas bouger.

Le bruit d'une sirène monta dans le lointain.

Le motard entendit la cavalcade et, derrière la porte entrebâillée du bureau, vit les trois paysans se précipiter dehors. Aussitôt, d'autres coups de feu éclatèrent. Quelqu'un leur tirait dessus.

Il ne perdit pas de temps et descendit à la cave, P90 braqué devant lui. Il retrouva Omar et Stéphanie Petit tels qu'il les avait abandonnés. De sa main gantée, il leur fit signe de garder le silence puis s'approcha.

Il commença par détacher Stéphanie. Ils se dévisagèrent puis le motard lui passa son couteau et, à voix basse, se contenta d'un « votre mari », avant de se poster au pied de l'escalier pour en interdire l'accès.

Une fois Stéphanie libérée, il fit signe au couple de le suivre.

Dehors, l'échange de tirs se poursuivait.

Ils ne restèrent pas dans la cuisine et montèrent sans attendre à l'étage. Le motard fermait la marche pour les couvrir.

À l'étage, les parents défoncèrent la porte de la chambre de Zoé, récupérèrent leur petite puis, toujours sous la protection de leur kidnappeur, se réfugièrent dans la salle de bains.

« Pourquoi vous êtes revenu ?

— J'ai croisé les quatre gusses armés en partant. »

Les trois adultes échangèrent un regard.

« Ils nous empoisonnent la vie depuis deux ans.

— Enfin, nous croyons que c'est eux. » Stéphanie voulut ajouter quelque chose mais le motard lui fit signe de se taire.

À l'extérieur, plus personne ne tirait.

« Je ne sais pas ce qui se passe dehors mais d'autres gens sont venus troubler la fête de vos copains.

— Les gendarmes ?

— Les gendarmes font des sommations. » Le

motard marqua une pause. « D'habitude. Tenez, prenez ça. » Il donna le Glock à Stéphanie. « Les gens dehors, ils n'hésiteront pas. » Il la fixa droit dans les yeux, « vous savez comment il marche, alors n'hésitez pas non plus », il fit un signe de tête en direction de Zoé et Omar, « pensez à eux ».

La jeune femme prit le pistolet et tourna brusquement la tête. « Écoutez ! »

Ils tendirent tous l'oreille.

Une sirène approchait.

Tod se releva derrière la voiture de Cathala. Plus personne ne tirait depuis quelques secondes et la sirène était de plus en plus forte. Il regarda la route, vit la rampe de gyrophares bleus briller dans le jour gris, jeta le fusil à pompe devant lui et leva les bras. Il tourna légèrement la tête vers la ferme et vit une ombre déboucher de l'arrière de la maison et trottiner avec une légère claudication en direction du bois.

Le motard s'échappait.

Le break Ford de la gendarmerie cessa de hurler et stoppa à une quinzaine de mètres de Tod. Ses deux occupants sortirent. Le passager main sur son holster, le conducteur, sur la portière.

« Gardez les mains en l'air ! » Le gendarme prêt à dégainer s'écarta du véhicule pour approcher et, pendant une fraction de seconde, baissa la tête pour voir où il mettait les pieds.

Tod en profita. Il saisit le pistolet passé dans sa ceinture, le Sig pris à Barrera, et l'abattit d'un double top en pleine poitrine. Il pivota légèrement sur ses appuis et tira également deux fois sur le second militaire, trop surpris pour réagir. La première balle le cueillit au ventre, la seconde ricocha sur la carrosserie. Il roula dans le fossé.

Un moteur démarra de l'autre côté du bois.

Tod courut jusqu'au véhicule d'intervention et prit place derrière le volant. Il avança de quelques mètres, recula à moitié dans la bagnole de Cathala et fit demi-tour. La portière passager claqua avec sa première accélération.

Le Colombien aperçut bientôt la Supercinq des Petit. Elle filait trois ou quatre cents mètres devant, aussi vite qu'elle le pouvait, en direction de la départementale. Lorsqu'ils rejoignirent la D7, une minute plus tard, Tod avait réduit l'écart à un peu plus d'une centaine de mètres.

La Renault traversa le carrefour sans s'arrêter, juste sous le nez d'un camion, et prit la direction de Moissac, vers le sud. Un panneau indiquait que la ville se trouvait à huit kilomètres.

La Ford dut ralentir et attendre avant de s'engager à son tour sur la grande route, plusieurs voitures circulaient en contresens, suivies d'un Trafic de la gendarmerie qui arrivait en renfort. Tod ignora les signes cabalistiques des militaires au moment où il les croisa ainsi que les crépitements de la radio de bord. Il repartit à la poursuite du motard.

H + 88

Massé du Réaux et son chauffeur entendirent le message d'alerte générale alors qu'ils se trouvaient à proximité de Moissac. Un break Ford Focus de la gendarmerie, suivait le numéro d'immatriculation, avait été volé au lieu dit Les Moines par un individu de race blanche ou asiatique, cheveux courts, et pris en chasse par une patrouille. Il se dirigeait actuellement vers le centre-ville par la D7. Une troisième voiture était également impliquée dans la poursuite, une Supercinq Renault vert métallisé.

Une série d'ordres et de contrordres envahit les ondes.

« Prenez là, à droite ! » Massé du Réaux indiqua le contournement nord de Moissac. « Et appuyez sur le champignon ! » S'il ne se trompait pas et s'ils avaient un peu de chance, ils n'allaient pas tarder à croiser la trajectoire du ou des fuyards.

Dans son rétroviseur, le motard aperçut la Ford bleue tenter de franchir le barrage du camion. La départementale était sinueuse et la circulation assez dense. Lui-même était coincé par un utilitaire blanc qui traînassait à soixante à l'heure. Ils n'étaient plus qu'à un kilomètre de Moissac et il devait impérativement prendre du champ avant d'y arriver, pour avoir une chance de semer son poursuivant dans les rues de la petite ville.

Le motard fit un écart sur la gauche, constata que la voie était dégagée sur trois cents mètres puis tournait à droite. Il commença à doubler.

Le break de gendarmerie s'élança à son tour. Plus puissant que sa Renault, il dépassa bientôt le semi-remorque et se rapprocha à grande vitesse.

Ils furent rapidement dans le virage.

La Ford l'avait rejoint et le percuta. Coup d'œil derrière lui. Dans un flash, il reconnut l'un des deux hommes venus poser des questions à la ferme des Petit, quarante-huit heures plus tôt. L'Asiatique, qui parlait en anglais.

La Renault dérapa sur la chaussée mouillée. Le motard contre-braqua par à-coups et calma tant bien que mal l'embardée de sa voiture. Il vit que son adversaire, sans doute gêné par son élan et son poids, éprouvait plus de mal à reprendre le contrôle de sa propre trajectoire.

La route, à présent bordée de villas, descendait vers Moissac en enchaînant les lacets. Le motard réussit à regagner un peu de terrain et se présenta à l'entrée d'une pente, en ligne droite, qui entrait dans la ville. En contrebas, il aperçut une file de voitures qui patientaient à un feu. Pas question d'attendre, il commença à les doubler.

Il arrivait à proximité du croisement quand une moto apparut sur sa droite, tourna et monta vers lui. Elle fut suivie d'un autre break de gendarmerie qui s'arrêta au milieu du carrefour. Un choc arrière lui fit comprendre que l'homme qui le traquait l'avait rattrapé.

Le motard donna un coup de volant à gauche, profita d'un bateau pour monter sur le trottoir et fonça en klaxonnant pour faire fuir les rares passants. Sur sa droite, la moto zigzagua et se rabattit finalement vers le bord de la route où elle percuta un véhicule en stationnement, pour éviter un choc frontal avec son poursuivant. Son pilote passa par-dessus son guidon et glissa sur un capot avant de s'encastrer dans un pare-brise.

La Supercinq franchit le croisement sur le passage piéton, derrière les gendarmes. Elle accéléra dans Moissac et bifurqua dans la première ruelle.

Massé du Réaux ordonna à son chauffeur de ralentir à l'approche du carrefour. Ils se trouvaient derrière une moto qui avait mis son clignotant à gauche et s'apprêtait à monter en direction du nord, sur la D7. Il suivit le deux-roues des yeux puis regarda vers le haut de la côte.

Une automobile dévalait la pente à contresens, une Renault 5 d'un autre âge. Vert pomme. Le conducteur faisait des appels de phares.

Derrière ce premier véhicule, Massé du Réaux prit également conscience de flashs bleus. « Arrêtez-vous ! » lança-t-il sans réaliser qu'ils étaient au milieu de la circulation.

Le conducteur de la Supercinq, sans doute après les avoir aperçus, s'écarta et monta sur le trottoir. Le lieutenant-colonel entendit les premiers coups de klaxon au moment où la moto qui avait tourné devant eux percutait un obstacle sur le bord de la route et sautait en l'air.

La Renault passa derrière eux en surrégime. Une ou deux secondes plus tard, le break de gendarmerie volé les cogna par l'avant pour forcer le passage.

Massé du Réaux fut propulsé vers le tableau de bord, sentit sa ceinture de sécurité se resserrer sur sa poitrine puis revint heurter violemment son fauteuil. Leur véhicule pivota à quatre-vingt-dix degrés.

L'autre Focus continua son chemin et s'engagea dans une ruelle à droite, derrière la Supercinq.

« Ça va ? » Massé du Réaux secoua l'épaule de son chauffeur. Il avait lâché le volant et dodelinait de la tête.

Leur moteur ronronnait toujours.

« Ça va, mon colonel.

— Après eux ! »

Dans un raclement de tôles et de plastiques éclatés, ils se remirent en route.

Massé du Réaux prit le combiné de la radio de bord et communiqua leur position.

Assez naturellement, du fait de la configuration de la ville, la poursuite se retrouva à proximité de la place des Récollets. Dimanche matin, encore un jour de marché, l'endroit était noir de monde.

Il y eut des cris, des carrosseries froissées, et un

mouvement de panique qui provoqua quelques blessures, mais le pire fut évité. La voiture de tête s'empressa de s'éloigner de la foule et prit la première à droite, à la sortie de la place. C'était la rue de la République, qui débouchait sur la place Roger-Delthil et l'abbaye de Moissac.

Tod suivit la Renault quand elle bifurqua vers une place moins fréquentée dès la sortie du marché. La rue sur laquelle ils roulaient la traversait en décrivant un S par la droite et passait devant plusieurs boutiques. Sur la gauche s'alignaient des terrasses de bistrots, couvertes et fermées par des tentures en plastique translucide. Au fond se dressait un édifice religieux gigantesque. Directement en face de lui, il aperçut une porte monumentale, richement sculptée, voûtée et surmontée par une tour massive, mais il n'eut guère le temps de s'attarder sur ce spectacle architectural.

La Supercinq fila tout droit, quitta le bitume et percuta un bac à fleurs carré qui explosa sous le choc. Un nuage de terreau noir s'éleva dans les airs et aveugla temporairement Tod. Il braqua à droite, à gauche, dérapa sur les pavés, encore humides de la pluie nocturne, et perdit le contrôle de sa Ford.

Devant lui, il devina que l'autre voiture traversait les devantures des restaurants. Des morceaux de toiles s'envolèrent, dans un grand fracas de tables et de chaises propulsées tous azimuts.

Tod sentit un choc, sous lui, comme s'il venait de descendre une marche. Un autre rebond suivit.

Et un troisième. La place se terminait en cuvette au pied de l'abbaye et il glissait vers le fond à toute allure.

Celui qu'il poursuivait également.

La Renault piqua du nez après un dernier sursaut et bascula sur le côté gauche pour terminer sa course dans un mur, au pied du clocher.

Derrière son volant, le Colombien lui accorda un dernier regard, puis il se jeta sur le siège passager, y attrapa la ceinture de sécurité, l'enroula autour de son poignet et se prépara au choc.

Quand celui-ci se produisit, Tod eut d'abord l'impression qu'on lui arrachait le bras et que le levier de vitesses lui transperçait le ventre. Son flanc gauche s'écrasa contre la planche de bord et sa tête heurta le terminal Rubis. Quelque chose bougea dans son corps, se disloqua et il perdit connaissance pendant quelques secondes.

Ce furent les bruits de l'extérieur qui le ramenèrent à la réalité. Des cloches sonnaient. Des gens criaient. Une sirène se rapprochait par l'arrière et il y eut un violent coup de freins. Pas loin de lui, quelqu'un brisait du verre puis le piétinait.

Tod entrevit une ombre qui s'extrayait de la Supercinq à travers le pare-brise avant. Le motard s'échappait une fois encore. Un voile sombre obscurcissait sa vision. Il s'essuya le visage de la main, récolta une substance poisseuse et rugueuse, du sang mélangé à des bouts de verre. Il jura puis bougea malgré les déchirements multiples, libéra son autre avant-bras et poussa des deux jambes sur sa portière. Elle céda. Il s'extirpa de la Ford, dut s'appuyer sur le toit pour parvenir à rester debout. Sa poitrine lui faisait un mal de chien. Il toussa et cracha une salive écarlate, épaisse.

Dans son dos une voix lança un ordre qu'il ne comprit pas. L'eût-il saisit, il ne l'aurait pas écouté. Il dégaina l'arme de Barrera et tira en direction d'un autre break de gendarmerie arrêté à l'entrée de la place. C'est là que quelqu'un avait crié. Les deux gendarmes ripostèrent et il tira encore, vit l'une des silhouettes en uniforme tomber, côté conducteur, et recula jusqu'à la porte de l'abbaye. Deux nouveaux tirs pour se couvrir et il disparut à l'intérieur.

Le motard était parti depuis une bonne dizaine de minutes. Des coups de feu avaient retenti peu après son départ et une voiture avait démarré brusquement, puis plus rien.

Stéphanie Petit entrouvrit la porte de la salle de bains. Elle tenait fermement le Glock devant elle. Sa fille et son mari la suivaient. Ils descendirent lentement les escaliers, attentifs au moindre bruit, et pénétrèrent dans la cuisine après une dernière pause silencieuse.

C'est Omar qui vit les corps en premier, derrière la porte vitrée. Il s'approcha et, à travers les carreaux, reconnut les deux frères Fabeyres, Gaétan et Louis, couchés dans la cour à quelques pas l'un de l'autre, et Pierre Bordes, avachi derrière ce qui restait du mur de leur hangar. Son visage n'était plus qu'une bouillie de chair rougeâtre et de plombs.

« Reste ici avec Zoé », dit Omar à sa femme.

« C'est moi qui ai le revolver.

— Reste ici ! » La voix était ferme comme jamais elle ne l'avait été. « Dehors, il n'y a rien pour vous. »

Le paysan sortit, fit quelques pas. Dépassant de l'avant de la voiture garée devant chez lui, il remarqua une manche de parka bleu gendarmerie et une main, ouverte, paume vers le ciel.

Un grincement, sur sa gauche, lui fit tourner la tête.

La porte en bois avec son *Mort au negre* pivota et Paul Cathala apparut. Sa figure et ses fringues étaient maculées de sang, et il tenait encore son fusil. Il avait l'air désemparé et marmonnait sans discontinuer. Il avança et ce qu'il disait devint enfin compréhensible.

J'voulais pas, j'voulais pas le tuer. Je les tue pas, moi. Non, pas moi, j'voulais pas.

Omar se dirigea prudemment vers l'étable.

Cathala se raidit quand Petit passa à côté de lui. Il recula vers le portail, vers son break, remarqua que Stéphanie et sa fille le dévisageaient depuis le seuil de leur maison, se figea.

Un cri désespéré déchira le silence.

Zoé se boucha les oreilles, sa mère vacilla.

Omar revint enfin dans la cour, tenant son chien mort dans ses bras. Il marcha sur Paul Cathala, des larmes dans les yeux mais le pas ferme et les traits meurtriers.

« Omar ! »

Il ignora l'appel de sa femme.

« Laisse-le ! » Stéphanie se précipita vers son

mari. Elle se plaça devant lui, « laisse-le partir », essaya de l'arrêter. « Il n'en vaut pas la peine. »

Dans le dos de la jeune femme, Cathala reculait toujours, fusil baissé, prêt à tirer.

« Il n'en vaut pas la peine. On portera plainte aux gendarmes. Ils le puniront. »

Omar ralentit, s'arrêta. Il foudroya l'autre agriculteur du regard.

« Cette fois, ils seront obligés de l'arrêter. »

Cathala rejoignit le portail et fit le tour de son break sans perdre les Petit de vue. Il enjamba le militaire mort et ouvrit sa portière. Une dernière fois, il braqua son arme sur le couple et leur adressa un sourire fou.

Puis une détonation claqua.

Le paysan ressentit une vive douleur dans le dos, se retourna et, juste avant de mourir, remarqua le second gendarme, celui qui avait roulé dans le fossé. Il tenait son pistolet de service à la main et le visait. Il se mit à trembler, sa prise faiblit et il ferma les yeux avec le sentiment du devoir accompli.

Le motard était dans l'église.

À sa droite se trouvait le mur contigu à la place, avec ses alcôves tous les trois mètres, jusqu'au fond de la nef. Juste à côté de lui, un escalier de pierre en colimaçon, fermé par une chaîne, montait vers le clocher. La configuration était identique en face.

Sans perdre de temps, à reculons, il remonta vers le chœur où officiait un prêtre. Il avait empoigné son P90 et les quelques fidèles assis sur les bancs, troublés par son arrivée inopinée, commencèrent à s'agiter en poussant des cris. Il les ignora et rejoignit l'autel.

Il y eut un échange de tirs à l'extérieur et un autre homme fit son apparition. Son poursuivant. La démarche voûtée, le visage ensanglanté, il se tenait la poitrine et regardait de tous les côtés comme un animal traqué.

La panique s'empara des communiants qui se levèrent et se mirent à courir en tous sens.

Nouveaux coups de feu.

Le motard se jeta dans l'alcôve la plus proche, sur sa gauche, fermée par une grande porte en bois. Le curé s'y précipita lui aussi, déverrouilla la porte et s'échappa dans un cloître.

Le tueur tirait et parlait en anglais. « Sors ou je les descends tous ! » Il toussait. Sa voix se rapprochait, mêlée aux hurlements de panique.

Le motard regarda dehors. Il hésita et se pencha derrière l'angle du mur. Il releva son fusil d'assaut et se rendit compte que son silencieux était légèrement de travers par rapport au corps de l'arme. L'accident de voiture l'avait endommagée, elle était inutilisable. Il voulut prendre son Glock mais ne le trouva pas. Il pensa aux Petit, ricana et secoua la tête.

« Montre-toi ! »

Il y eut encore une détonation, une femme gémit et des bancs furent bousculés.

« Ici ! »

Tod vit le motard sortir d'un renfoncement et faire un pas de côté. Il sourit, « enfin », toussa, « tu es là », le mit en joue.

« Je suis là et toi aussi.

— Oui.

— Eux, laisse-les. » Le motard donna un coup de menton pour désigner les survivants.

« Ils ne m'intéressent pas. » Tod cracha encore du sang, serra son torse avec son bras libre, gémit. Son pistolet oscilla puis se fixa à nouveau sur sa cible. « Qui es-tu ?

— Personne.

— Personne. » Le visage de Tod afficha une parodie de sourire. Il souffrait. « Tu as buté le fils de mon *patrón* il y a quatre jours.

— Il était dans lc Range Rover ?

— *Sí*.

— Alors, oui, je l'ai abattu.

— Tu vois ? Tu es quelqu'un et tu travailles pour quelqu'un.

— Non.

— Je veux savoir avant de te flinguer. Ça change quoi pour toi ?

— Rien. Mais je ne travaille pour personne.

— Je ne te crois pas.

— Mauvais endroit, mauvais moment, c'est tout.

— C'est tout ? »

Le motard haussa les épaules.

« Tu faisais quoi, là-bas, alors ? » Tod visa un homme à terre, à côté de lui.

« Vas-y, mais tu as tort. La vérité c'est que j'arrête tout ça », le motard montra l'arme du Colombien, les blessés, « il y a des gens que ça n'arrange pas et ils essaient de m'en empêcher. »

Les deux tueurs se dévisagèrent.

« *Bad timing*. J'étais dans le bois par hasard, ils

ont essayé de m'avoir, je me suis défendu, ils sont morts. Tu aurais fait quoi, à ma place ? »

Tod réfléchit pendant quelques secondes puis se mit à rire. « Pareil.

— Merci.

— Je dois te tuer quand même.

— Je sais. »

Tod assura sa prise sur la crosse de son arme. Il étouffa avec peine un nouveau hoquet puis ses yeux s'ouvrirent en grand, surpris. Il lâcha le Sig et tomba à genoux. Son buste pencha légèrement sur le côté, trouva le rebord d'un banc sur lequel s'appuyer. Sa tête bascula en avant et il ne bougea plus.

Après quelques secondes, le motard s'approcha. Dehors, plusieurs sirènes hurlaient, la rumeur enflait, des ordres fusaient. Il n'avait plus beaucoup de temps. Il prit le pistolet, fouilla les poches du mort, trouva un second chargeur à moitié plein, du cash et se releva pour partir.

« On se fixe ! » Un gendarme, un officier, un lieutenant-colonel le braquait depuis la porte de l'église. « Lâchez ce flingue ! »

Le motard ne bougea pas. « Je ne peux pas, mon colonel. »

Massé du Réaux reconnut le fugitif de l'alerte Épervier. « Rendez-vous ! C'est fini. Tout le monde court après vous.

— Je sais.

— Ne me forcez pas à tirer.

— Si je vous laisse me prendre, je ne survivrai pas vingt-quatre heures.

— Ne dites pas n'importe quoi et lâchez ce flingue !

— Faites ce que vous avez à faire. » Le motard recula puis fit demi-tour et marcha en direction du cloître.

Massé du Réaux avança d'un pas et stabilisa son pistolet avec son autre main. *Finis-le !* « Stop ! Arrêtez-vous, je vais tirer ! » Il ajusta sa visée, hésita. *Finis-le !* « Mais vous êtes qui, nom de Dieu !? »

Le motard continua sans se retourner, « je suis la raison d'État. La chimère que le bon peuple ne doit jamais voir », puis il sortit et disparut.

Extrait de procès-verbal d'audition

Ce jour, le vingt janvier deux mille deux, nous entendons Monsieur Petit, Omar, résidant à...

... Monsieur PETIT affirme ne pas connaître les motivations exactes des personnes qui l'ont séquestré lui et sa famille depuis le seize janvier deux mille deux aux environs de minuit. Il suggère que cette séquestration pourrait être liée à un différend qui l'oppose depuis le mois de mai deux mille à certains de ses voisins, les ci-après nommés BORDES Pierre, CATHALA Paul, FABEYRES Gaétan, FABEYRES Louis, tous décédés ce jour au domicile de Monsieur PETIT Omar (voir PV 242/02), Monsieur LATAPIE Baptiste, décédé à son domicile (voir PV 233/02) et Monsieur VIGUIE Alain (voir PV 239/02).

... Monsieur PETIT affirme ne pas être en mesure de reconnaître ses kidnappeurs puisqu'il est resté enfermé, yeux bandés et bâillonné, dans sa propre cave pendant l'intégralité de sa détention. Il était en compagnie de sa femme, Madame PETIT Stéphanie, née DUPRESSOIR. Leur fille, Mademoiselle PETIT Zoé, était pour sa part détenue à l'étage, dans sa chambre, où ses parents l'ont retrouvée lorsqu'ils ont pu se libérer, ce jour vers onze heures du matin.

… Monsieur PETIT affirme cependant que, d'après les voix qu'il a entendues, ses kidnappeurs étaient tous de sexe masculin.

… Monsieur PETIT affirme ne rien savoir des circonstances de la fusillade au cours de laquelle ont trouvé la mort MM. BORDES, CATHALA, FABEYRES & FABEYRES (voir PV 242/02), le maréchal des logis chef BOISSEAU Corentin, ainsi que le gendarme MASSON Aurélien (voir PV 243/02)…

Extrait de Procès-verbal d'audition

Ce jour, le vingt janvier deux mille deux, nous entendons Madame PETIT*, Stéphanie, née* DUPRESSOIR*, résidant à…*

… Madame PETIT affirme que la séquestration dont elle a été victime en compagnie de son mari, Monsieur PETIT Omar, et de sa fille, Mademoiselle PETIT Zoé, est liée à un différend qui oppose sa famille à MM. BORDES Pierre, CATHALA Paul, FABEYRES Gaétan, FABEYRES Louis, tous quatre décédés ce jour au domicile de Monsieur et Madame PETIT (voir PV 242/02), Monsieur LATAPIE Baptiste, décédé à son domicile (voir PV 233/02), et Monsieur VIGUIE Alain (voir PV 239/02).

… Madame PETIT affirme que la première personne qui les a faits prisonniers elle et sa famille s'est présentée seule le seize janvier deux mille deux aux environs de minuit. Son visage était dissimulé par un casque intégral de motocycliste et elle avait un fusil de chasse de marque et de modèle non identifiés. Madame PETIT n'est donc pas en mesure de reconnaître cette personne.

... Madame PETIT affirme cependant que, d'après sa voix, cette personne était un homme. Elle prétend par ailleurs avoir ensuite entendu cet homme s'entretenir avec d'autres hommes.

... Madame PETIT n'est pas en mesure de décrire les autres kidnappeurs qui l'ont retenue en otage avec les membres de sa famille. Pendant toute la durée de sa détention, Madame PETIT a été enfermée dans sa cave en compagnie de son mari, Monsieur PETIT Omar.

Madame PETIT affirme également qu'elle portait un bandeau sur les yeux pendant l'intégralité de sa captivité. Elle n'était donc pas en mesure de voir les personnes qui l'ont retenue contre sa volonté...

Extrait de procès-verbal d'audition

Ce jour, le vingt janvier deux mille deux, nous entendons le lieutenant-colonel MASSÉ DU RÉAUX *Valéry, commandant la section de recherche de Toulouse, résidant à...*

... Le LCL MASSÉ DU RÉAUX a pénétré dans l'abbaye de Moissac ce jour, peu après onze heures du matin, à la poursuite d'un individu armé et dangereux impliqué dans plusieurs infractions au code de la route (voir PV 244/02), le vol d'un véhicule de la Gendarmerie nationale et le décès de deux personnels de la Gendarmerie nationale (voir PV 243/02).

… Le LCL MASSÉ DU RÉAUX affirme que cet individu a tiré sur le gendarme CUVELIER Jérôme (voir PV 255/02) après s'être extrait du véhicule de gendarmerie qu'il avait volé (voir PV 243/02).

… Dès son entrée dans l'église, le LCL MASSÉ DU RÉAUX affirme avoir entendu des détonations semblables à des coups de feu et aperçu plusieurs blessés (voir PV 256/02). Il a également vu le fuyard, seul, équipé d'une arme ressemblant à un fusil d'assaut. Il menaçait les personnes présentes dans l'enceinte de l'abbaye.

… Le LCL MASSÉ DU RÉAUX affirme avoir effectué les sommations réglementaires. Il prétend que l'individu armé a refusé d'obtempérer. Néanmoins, le LCL MASSÉ DU RÉAUX n'a pas eu à faire usage de son arme pour neutraliser l'individu armé. Peu après les premières sommations, celui-ci s'est effondré au sol, foudroyé. Après vérification immédiate par le LCL MASSÉ DU RÉAUX, il s'est avéré que l'individu armé était mort…

Ils arrivèrent au port autonome de Marseille vers vingt-trois heures.

Le bulletin d'infos d'une radio locale venait de s'ouvrir sur l'annonce de l'explosion d'une villa dans le quartier d'Endoume, plus tôt dans la journée. On ne dénombrait à cette heure que quatre victimes, les propriétaires de la villa, M. et Mme Néris, et leurs enfants. Le souffle avait occasionné beaucoup de dégâts dans le voisinage. Pour le moment, aucune piste n'était privilégiée par les enquêteurs qui avaient cependant révélé que les occupants de la maison étaient sur le point de partir en voyage.

Le camionneur et son passager, un auto-stoppeur embarqué à Toulouse, n'y prêtèrent pas attention. Ils s'arrêtèrent à proximité des entrepôts du bassin de la Pinède et se serrèrent la main.

Le motard descendit.

Il récupéra son RIO dans son sac à dos, mit ses écouteurs en place, régla le volume et lança la lecture. Riffs de guitares électriques, les premières mesures de *Dead Souls* montèrent dans ses oreilles.

Someone take these dreams away,
That point me to another day.
A duel of personalities,
That stretch all true realities.

Il referma son blouson et regarda longuement autour de lui, les néons, le bitume humide, les hautes silhouettes des bateaux à quai.

That keep calling me,
They keep calling me.

Il s'approcha de la jetée, essaya de percer la nuit du regard pour trouver l'horizon.

Where figures from the past stand tall,
And mocking voices ring the halls,

En vain.

Imperialistic house of prayers,
Conquistadors who took their share.

Le motard ne vit que du noir et des flashs rouges, par intermittence. Il pensa à ses parents, à Amel, se demanda où elle était, si elle allait bien, et ne put s'empêcher de savourer l'ironie de la situation. Demain, il tenterait de passer de l'autre côté de la Méditerranée. S'il y parvenait, Lynx mourrait pour de bon et le laisserait enfin recommencer sa vie.

Calling me, calling me, calling me, calling me.

POST-SCRIPTUM

Les AUC, les forces d'autodéfense unies de Colombie, sont nées en 1997 de la fusion de plusieurs groupes paramilitaires dont les origines remontent aux années 80 comme le MAS (*Muerte a secuestradores*) fondé par Pablo Escobar et d'autres membres du Cartel de Medellín, et l'ACCU (*Autodefensas campesinas de Córdoba y Urabá*) des frères Castaño. Il s'agissait au départ de lutter contre les exactions, meurtres et enlèvements des différentes guérillas révolutionnaires d'extrême gauche. Par la suite, la sécurité et l'extension territoriale des zones de culture de la coca se sont ajoutées à cet objectif premier. Puis le trafic en direct. Dans le même temps, ces groupes se rapprochaient de l'appareil militaire colombien et de ses instructeurs américains. Carlos Castaño, longtemps chef des AUC, s'est notamment fait connaître pour son goût prononcé pour les tronçonneuses. Parmi les plus sanglants faits d'armes de ses hommes, il y a le massacre de Mapiripán, un village du Guaviare, au sud de la Colombie, une région de production de cocaïne en pleine zone d'influence des FARC (*Fuerzas armadas revolucionarias de Colombia*). Cette opération d'intimidation, menée en juillet 1997 par une troupe d'une centaine de paramilitaires avec la complicité de l'armée régulière, dura cinq jours. Cinquante à soixante personnes — aucune certitude sur le nombre de morts, les victimes ayant été découpées et leur membres dispersés ou jetés dans la rivière voisine — furent torturées puis exécutées comme des animaux de boucherie dans l'abattoir local, sans que qui que ce soit intervienne en dépit des appels à l'aide répétés des autorités locales. Carlos Castaño est décédé en 2004, probablement assassiné sur ordre de son frère Vicente. Depuis 2006, les AUC sont officiellement engagées dans un processus de démobilisation.

*

En décembre 2007, neuf tonnes de cocaïne ont été saisies dans le port de Lisbonne. La drogue, liquéfiée, avait été mélangée à une cargaison de poulpe congelé. Elle provenait du Venezuela. Les saisies réalisées en Europe ont augmenté au cours des dix dernières années, principalement parce que le trafic a lui-même progressé de façon exponentielle du fait de la saturation du marché américain et de l'augmentation de la demande sur le marché européen.

*

La mort par les mille coupures ou *Leng T'che* était une forme d'exécution publique pratiquée en Chine jusqu'au début du XXe siècle. Certaines rumeurs prétendent qu'elle aurait encore été en vigueur à l'époque de Mao, pour punir les mauvais révolutionnaires. Ce châtiment était réservé aux crimes les plus graves tels que la trahison ou le meurtre. Le bourreau entaillait puis prélevait méthodiquement la chair du condamné sur différentes parties de son corps avant de le démembrer et de le décapiter.

*

Depuis la fin de l'année 2005, un agriculteur récoltant de Castelsarrasin, Tewfiq Khenouche, est victime d'intimidations et de sabotages. Parmi les revendications relevées sur les murs de sa propriété, on peut lire : *Pas d'Arabe paysan, dehors les Arabes*. Ses hangars de stockage ont déjà brûlé deux fois, une de ses récoltes a été polluée à l'essence. Début 2008, c'est un autre paysan du Massif central qui a commencé à subir le même genre de manœuvres, sans la dimension raciste cependant. Dans la région de Combrailles, Jean-Hugues Bourgeois est lui aussi la cible de différentes formes de harcèlement. Après le massacre d'une partie de son troupeau de chèvres, il reçoit plusieurs menaces dont un message découpé en forme de cercueil qui dit : *On jettera ta fille dans un fossé après avoir fait d'elle une femme.*

*

(1) Pour plus d'informations sur le motard, se reporter au Folio Policier n° 539.

*

Nous n'avons pas eu le temps de nous faire vraiment plaisir musicalement, juste un petit *Dead Souls* de Joy Division. La prochaine fois, si tout va bien…

DU MÊME AUTEUR

Aux Éditions Gallimard

LYKAIA, 2018.

Dans la collection « Série Noire »

PUKHTU. SECUNDO, 2016, Folio Policier n° 837.

PUKHTU. PRIMO, 2015, prix Libr'à nous 2016, prix Mystère de la critique 2016, Folio Policier n° 836.

LE SERPENT AUX MILLE COUPURES, 2009, Folio Policier n° 646.

CITOYENS CLANDESTINS, 2007, Grand Prix de littérature policière 2007, Folio Policier n° 539.

Avec Dominique Manotti

L'HONORABLE SOCIÉTE, 2011, Grand Prix de littétature policière 2011, Folio Policier n° 688.

Dans la collection « Folio Policier »

LE CYCLE CLANDESTIN, II : Pukhtu. Primo – Pukhtu. Secondo, 2018, n° 867.

LE CYCLE CLANDESTIN, I : Citoyens clandestins – Le serpent aux mille coupures, 2016, n° 815.

LA LIGNE DE SANG, 2010, n° 453.

Composition Nord Compo
Impression Novoprint
le 2 décembre 2019
Dépôt légal : décembre 2019
1er dépôt légal dans la collection : septembre 2015

ISBN 978-2-07-046631-3./Imprimé en Espagne.

365666